아, 사람아!

시인 이행자가 만난 사람들

아, 사람아

지 은 이   이행자

2006년 2월 6일 초판 1쇄 발행

편집주간   김선정
편   집   여미숙, 이지혜, 조현경
디 자 인   임소영, 이유나
마 케 팅   권장규

펴 낸 이   이원중
펴 낸 곳   지성사
출판등록일   1993년 12월 9일
등록번호   제10 - 916호
주   소   (121 - 854) 서울시 마포구 신수동 88 - 131호
전   화   (02) 716 - 4858
팩   스   (02) 716 - 4859
홈 페 이 지   www.jisungsa.co.kr
이 메 일   jisungsa@hanmail.net

ISBN 89 - 7889 - 131 - 4(03810)

잘못된 책은 바꾸어드립니다. 책값은 뒤표지에 있습니다.

이 도서의 국립중앙도서관 출판시도서목록(CIP)은 e-CIP 홈페이지(http://www.nl.go.kr/cip.php)에서
이용하실 수 있습니다.(CIP제어번호: CIP2006000200)

아,
사람아!

시인 이행자가 만난 사람들

지성사

차 례

시 인 이 행 자 가 만 난 리영희와
박정호

리영희

1929년 평안북도 출생.

〈조선일보〉 정치부 기자, 외신 부장과 합동통신 외신부장을 지냈다.

1972년부터 한양대학교 신문방송학과 교수로 재직했으나

강제 해직과 복직을 거듭하다가 1987년 미국 버클리대학 초빙교수를 지낸 뒤

1988년 〈한겨레〉 이사 겸 논설고문을 역임했다.

1995년 한양대학교 정년퇴직 후 동 대학 언론정보대학원 대우 교수를 역임했다.

현재 한양대학교 명예교수이다.

저서로 『전환시대의 논리』, 『우상과 이성』, 『분단을 넘어서』,

『역설의 변증』, 『새는 좌우의 날개로 난다』, 『반세기의 신화』,

『동굴속의 독백』, 『대화』 등이 있다.

내가 시를 쓰며「그대! 군계일학이시여!」와「그대! 군계일학이여!」하는 제목으로 두 사람에게 시를 바쳤는데 한 분이 리영희 선생님이고, 또 한 사람이 화가 박정호 씨다.

그대! 군계일학이시여!

　여섯 시간씩

　일곱 시간씩

　당신께서

　피로 땀땀이 짠

　『대화』

　한 자

한 자

줄도 긋고

씹어가며 읽었지만

……

독후감?

유구무언입니다.

오월

연둣빛 숲에서 들려오는

청명한 바람소리처럼

그

아름다운 목소리

핏줄 속

산불 이글거리는 내게, 늘

감로수이고

당신 역사

하나

하나

추억의 나이테로

내 삶의 버팀목이건만

......

헌시조차 쓰지 못하는

이 안타까움

이 부끄러움

부처시여!

오롯이

그 분의 화엄입니다.

　도서출판 한길사에서 출간한 '한 지식인의 삶과 사상' 『대화』를 다 읽고 리영희 선생님께 써보낸 시 형식을 빌린 편지다. 독후감과 헌시를 바치고 싶어 몇날 며칠을 뒤척였지만, 내용이 너무 방대해서 어떻게 쓸 수가 없었다. 『리영희 살아있는 신화』를 쓴 김만수는 독자에게 드리는 글에서 "호랑이가 다시 표효하기 시작했다."라며 글을 열었다.

　2003년 3월 19일에 리영희는 중풍을 앓는 손으로 '미국 범죄'라는 한시를 직접 써서 발표하며 미국의 이라크 침공 위협과 한반도의 긴장 고조에 항의하였다. 이어 3월 28일에는 국회의사당 앞에서 열린 이라크전쟁 파병반대 시위에 참여하였다. 리영희는 이 시위에서 '이라크전쟁에 파병해서는 안 되는 16가지 이유'라는 제목으로 거리 강연을

하기도 하였다. 3월 31일에는 명동성당 앞에서 미국의 이라크전쟁 중
단과 평화실현을 위한 반전평화 비상국민회의 소집과 반전평화캠프
를 제안하는 기자회견에도 참가하였다.

그날 그 불편한 몸으로 명동성당 돌층계에 앉아계시던 선생님 사진이
<한겨레>에 실렸다. 그렇게라도 돌아다닐 수 있다는 걸 다행이라고 생각
해야하는 건지, 아니면 불편한 노구를 이끌고 아직까지도 이렇게 사회참
여할 수밖에 없는 상황을 마음 아파해야하는 건지….

선생님은 2000년 11월 16일 뇌출혈로 쓰러진 이후 공식적인 활동을 자
제하고 피눈물 나는 투병 끝에 간신히 걸어다니긴 하시지만, 아직도 글씨
를 삐뚤빼뚤 쓰고 젓가락질도 잘 못하셔서 음식 드시는 모습을 볼 때마다
내 가슴은 무너져내린다.

선생님을 얘기하려면 <한겨레>와 떼어놓고 생각할 수가 없다. 선생님
은 1987년 8월 버클리대학 부교수로 떠나시기 전에 벌써 1974년 자유언
론투쟁에 앞장섰다가 조선, 동아, 한국 일보에서 추방된 임재경, 이병주,
정태기(현재 <한겨레> 사장) 등과 <한겨레>에 관해 의논하셨단다.

당시에는 선생님을 발행인으로 모셔야 한다는 의견도 있었지만, 사장
은 신문사를 운영할 만한 권위가 있어야 하고 국민적, 대중적 존경을 받는
인물로 정신적으로나 인격적으로 표상이어야 한다는 데 의견이 모아졌다.
맨 처음 이야기된 분은 내가 지금도 끔찍이 존경하는 소설가 요산(樂山)

김정한 선생님이었다고 한다.

> "김정한은 일제에 굴하지 않고 독립운동에 나서다 투옥되기도 한 소
> 설가였지. 작품을 통해 일본의 태평양전쟁을 지지하거나 일제를 찬양
> 하던 일제시대의 다른 작가들과 달리, 고결한 인격의 소유자이지. 이
> 승만 시대에 정권에 밉보여 부산대 교수직에서 일찌감치 추방되기도
> 했고 대중과 함께 가슴 아픈 시대에 대해 눈물을 흘린 분이오. 이런 이
> 유에서 존경받는 지식인의 상징이라 할 수 있는 김정한을 <한겨레>
> 신문사의 초대 사장으로 추대한 것이지."
>
> —『대화』중에서

김정한 선생님이 고사했기 때문에 송건호 선생이 초대 사장이 됐다는
것을 나는 이번에 『대화』를 읽고서야 알았다. 마음속으로 늘 언론계 최고
의 스승이신 리 선생님이 초대 사장을 하지 않은 이유가 궁금했는데 의문
이 풀렸다.

<한겨레> 지령 5000호를 맞아 권태선 편집국장이 선생님 댁으로 찾아
가 나눈 대화를 보면 선생이 얼마나 <한겨레>를 애지중지하시는지 알 수
있다. 선생님과 내가 가깝게 지내게 된 것도 역시 <한겨레> 덕분이다.

1985년부터 한길사에서 운영하던 역사 강좌와 기행에서 선생님을 여러
번 뵈었는데, 뒤풀이 자리에서 김언호 사장이 선생님 옆으로 앉으라고 할

때마다 선생의 군인처럼 딱딱한 분위기가 싫어 나는 고개를 절레절레 흔들며 멀리 떨어져 앉곤 했다.

선생님이 <한겨레> 1주년 기념 북한취재기자단 방북기획 사건으로 1989년 4월에 연행되어 조사를 받기 시작하자, 정권이 <한겨레>를 압살하려는 것에 대해 국내외에서 항의가 대단했다. 오죽했으면 국가보안법과 안기부(국가안전기획부의 줄임말로 국가정보원의 전 이름) 역사상 처음으로 중부경찰서에서 사모님과 홍성우, 한승헌 두 변호사가 함께 접견할 수 있었겠는가.

선생님은 회갑 나이에 6개월간 교도소 생활을 하면서 기진맥진하셨지만, <한겨레>는 자산이 거의 바닥난 상태에서 일어난 선생님의 연행 사건 때문에 10개월(1988년 8월부터 1989년 6월까지) 만에 발전기금 목표액인 1백억 원을 훨씬 뛰어넘는 성금을 걷게 되었다.

1989년 7월 5일 서소문 법정, 찜통 같은 더위 속에서 첫 재판이 시작되어 선생님이 160일 만에 석방되기까지 나는 선생님께 참 열심히 편지를 썼다. 그전에 선생님 곁에 절대 앉지 않았던 것이 공연히 죄가 되어서.

어느 날은 선생님이 재판 받으러 오시는 길목에 지켜 서있다가 만나기도 했다. 지금도 나는 수첩에 1989년 7월 6일자 <중앙일보>에 실린 선생님 사진을 간직하고 있다. 붉은 포승줄에 팔뚝과 두 손이 묶인 채 서글픈 미소를 지으며, 재판 받을 자료를 들고 서있던 '126번' 리영희.

선생님이 출옥하신 후 둘이서만 맥주를 마실 기회는 11월 7일에서야 가능했다. 아홉 번의 연행, 다섯 번의 기소, 세 번의 징역이 그에게 준 후유증은 대단했다. 담낭 종양 제거 수술로 당신 말씀마따나 '쓸개 없는 놈'이 되셨고, 섭씨 영하 10도가 넘는 교도소 생활로 만성 기관지염에 걸려 구급차에 실려가실 만큼 건강이 나빠지셨다. 또 1989년 여름의 유난한 무더위 때문에 선생님은 감옥에서 나오실 때 심신이 다 지친 상태였다. 그래서 선생님이 전남 영암군에 위치한 아름다운 월출산 아래 좋은 분 댁에서 휴양을 하고 오신 뒤에야 만날 수 있었다. 그날을 잊지 못해 2004년에 나온 시집 『은빛 인연』(도서출판 바보새)에 이 시를 실었다.

불꽃과 불씨

마치 천둥치듯이
그 해 가을 그렇게
그대 찾아오고 다섯 해
불꽃이었지요.
1989년 11월 7일
'겨울나그네'에서 부딪친
첫 맥주잔의 떨림
"Our love!"
"Our health!"

카페 <마농>에서

'사랑의 미로'를 바치던

그 귀여운 모습,

참나무 장작 같은 몸뚱이 어디에

관료 같은 분위기 어디에

그런 모습 숨었었는지

당신은 늘 불가사의한 존재였지요.

……

때로는 토라져 등 돌렸다가도

'살아 있는 신화'

당신 앞에서 나는

언제나

질화로의

불씨일 수밖에 없습니다.

　　이날 선생님과 나는 어린아이도 아니건만 숨바꼭질을 했다. 선생님이 우리집 가까이 있는 양재역으로 오셨는데, 선생님은 지하에서 나를 기다리고 나는 지상에서 선생님을 기다린 거다. 그때는 휴대전화가 없을 때인지라 그냥 집으로 돌아왔는데, 선생님이 전화를 주시는 바람에 이번에는 내가 선생님댁 근처인 건국대학교 앞으로 가서야 선생님을 만날 수 있었다.

1989년 12월에 선생님께 고마웠던 일이 있었다. 김성훈이라고 산모임(한길역사기행과 역사강좌에서 만난 사람들이 다시 모여 기행과 등산을 하던 모임) 회원으로 제주도 7박 8일 역사기행 때는 물론이고 역사기행 때마다 항상 열심히 내 사진을 찍어 무료로 뽑아준 친구가 있었는데, 그 친구가 12월에 있을 자신의 결혼식 때 리영희 선생님께 주례사를 듣고 싶다고 내게 부탁했다. 나는 리 선생님이 바쁘시단 걸 알면서도 그의 청을 거절하지 못했다. 결국 선생님은 12월 6일 『회갑기념 논문집』 출판기념회와 회갑연 때문에 바쁘신데도 불구하고, 12월 2일 김성훈 씨의 주례를 서주셨다.

이 일로 김성훈과 나는 서로 평생 은인이었는데 이 친구가 '실수'하는 바람에, 이 친구는 앞으로 언제든지 나를 만나면 술값을 내야 했다. 이 친구가 이사하면서 책을 내다 팔았는데, 하필이면 그중 내 첫 시집 『들꽃향기 같은 사람들』이 있었다. 상봉동에 있는 헌책방 '좋은 책 많은 데'에서 내가 이 책을 발견했다.

2004년 12월 산모임 송년회에서 이 친구가 나를 얼싸안으며 "누님! 내가 또 시집 팔아먹을까 봐 나만 시집 안 주는 거지?" 해서 한바탕 웃었다.

1991년 4월 26일 명지대학교 강경대가 백골단의 쇠파이프에 맞아 열사가 되고, 5월 25일 성균관대학교 아리따운 김귀정이 최루탄과 군홧발에 짓밟혀 목숨을 빼앗겼다. 이 해 봄은 내게 살아있는 지옥이었다. 이때 나는 '민주화운동유가족협의회(아들, 딸을 역사에 빼앗긴 어버이들의 모임으로 유가협으로 줄여 부른다)' 후원회 일을 하고 있었기 때문에 아침 일만 끝나면

신촌 세브란스병원 영안실에 가서 강경대 때문에 울고, 을지로 입구 백병
원 영안실에 가서 김귀정 때문에 울었다.

이렇게 힘들 때, 리 선생님과 『우리말 갈래사전』의 저자이자 시인이며
대한민국 민주화운동 현장을 거의 다 사진으로 찍어온 박용수 선생님이
번갈아 맥주를 사주며 위로해주셨다. 특히 리 선생님은 자신도 그렇게 힘
든 고생을 수없이 겪으셨으면서도 자신이 지금 현장에 있지 않고 연구실
에 앉아있는 것에 대해 내게 늘 미안해하시며 "술이라도 사야지, 내 마음
이 편하지. 그 부모들 가슴은 시커멓게 타고 있을 거야."라고 말씀하셨고
선생님을 많이 존경하고 따른 나에게 선생님은 섬 같은 존재였다.

예를 들자면 선생님은 수선화나 군자란 같은 흔한 꽃 이름도 모르신다.
내가 웃으면서 "아이 참! 무식해서 같이 못 놀겠네." 하면 선생님은 "아니,
꽃은 예뻐서 보면 기분 좋고, 음악도 좋아서 들으면 고만이지 제목은 알아
서 뭘 하능고?" 하고 대답하신다.

옳으신 말씀이다. 나 같은 날라리는 영화 제목, 주인공 이름, 노래 제목,
가수 이름과 가사 외우는 데만 귀신이고 공부는 딱 질색인지라 푼수시인
밖에 못 되는데, 선생님은 5개 국어에 능통하고 '살아있는 신화'로 추앙받
으며, 『전환시대의 논리』를 비롯하여 2005년 출간된 『대화』까지 10여 권
의 책을 출간하시지 않았는가. 책 얘기가 나오니까, 책 때문에 선생님께
꾸중 들은 기억이 난다.

어느 날 선생님 연구실에서 훔쳐올 책이 없나 책꽂이를 유심히 살피고

있었다.

"선생님! 책이 웬수 같을 때가 있대나요?"

"그건 또 무슨 소린고?"

"이사할 때 보면은요, 책처럼 무거운 짐이 없는 거예요. 그래서 버려버
릴까 싶대나요?"

"아니, 공부도 열심히 안 하는 사람이 책까지 안 읽으면 시는 사기로 쓰
려고 그러나?"

사실은 맞는 얘기지만 듣는 날라리의 기분은 그리 좋지 않았다.

두 번째 야단맞았을 때도 기분이 무지 나빴다. 1990년 11월 7일, 마침
생일도 지난데다가 다음날이 내가 전태일문학상을 받는 날이어서 선생님
을 만났다. 선생님은 시상식장에 못 오시는 걸 미안해하시며 지금은 없어
진 유네스코 회관 지하에 있던 '예전'에서 저녁을 사주시고, 생일 선물로
핸드백도 사주셨다. 다음해 생일에 "올해에는 무얼 사줄꼬?" 하고 물으시
길래, 망설이지도 않고 "가방이요!" 했더니 놀라시면서 하시는 말씀이,
"아니, 작년에 샀는데 가방을 또 사? 자네가 이멜단고?"

그렇게 말씀하시곤 선생님도 물론 놀라셨지만, 나는 기가 콱 막혔다.

'세상에, 맙소사! 이멜다라니…. 아무리 그래도 그렇지.'

선생님 내외는 이쑤시개 하나를 잘라 나누어 쓴다는 얘길 책에서 읽은
적이 있기에 선생님 말씀을 이해는 하지만 기분이 나쁜 거는 나쁜 거라 그
대로 집에 왔다. 나는 예나 지금이나 기분이 정말 나쁘면 입을 닫는다. 나

중에 선생님께서도 이멜다와 비교한 것은 좀 너무했다 싶으셨는지 사전을 선물로 주셨다. 열심히 공부하라는 의미로 알고 고맙게 받았다.

선생님께서는 1987년 8월부터 1988년 3월까지 미국에서 진보적이기로 유명한 버클리대학 부교수로 임명되어 '한민족 정치운동사'를 강의하셨다. 지금 내 침대 옆에는 르누아르의 아주 작고 귀여운 「후프를 든 소녀」의 복제품이 걸려있는데, 이 그림이 바로 선생님이 버클리대학에서 강의를 끝내고 돌아오실 때 학생들에게 선물 받은 그림이다. 선생님 연구실을 드나들 때마다 눈독을 들였지만 사연을 아는지라 달라고 얘기하진 않았었는데 1995년 선생님께서 정년퇴임하시며 필요한 책은 다 가져가라고 하시면서 "이 그림 마음에 들어했지? 가져가요." 하셨다. 달래박사(이쁜 것만 보면 잘 달라고 해서 붙여진 내 별명)인 나도 이날만은 마음이 참 서글펐다.

'이 연구실도 오늘이 마지막이네. 내 마음도 이런데, 선생님은 얼마나 만감이 교차하실까?'

『리영희 살아있는 신화』를 쓴 김만수 씨는 리영희 선생님을 이렇게 평했다.

리영희는 "사상을 문학의 형태로 실천했을 뿐만 아니라 사회적 실천으로 행동화한, 흔치 않은 지식인 중의" 한 사람이다. 그는 "단순히 지식을 '상품'으로 파는 것에 안주하는 교수나 기술자나 문예인이 아니라, 부정한 인위적·사회적 조건으로 말미암아서 고난 받는 이웃과 고난을 바꾸어 보려는 '지식인의 사회적 의무'에 눈을 뜬 것이다. 그의무감은 '인간에 대한 사랑'에서 싹튼 것임은 물론이다." "맹목적이고 광신적이며 비이성적인 반공주의에 마취되어 있는 사람들을 잠에서 깨어나게 하여 의식을 바로 잡아주는 일"을 자청하였고, 그것은 그대로 리영희의 삶의 전부가 되었다. 리영희는 자신의 실천적 글쓰기로, "역사의 현실에 직면해서 지식인이 어떤 정신과 모습으로 살아야 하는가 하는 모범"을 보여주었다.

그는 자신의 스승의 뒤를 따라가 그 스승을 뛰어넘었다. 한마디로 "깨끗한 영혼과 성실한 자세로 진실 추구에 평생을 바친 리영희는 지식인의 올바른 상을 보여주었다는 것 하나만으로도 길이 기억되어야 할 우리 사회의 스승이다."

리영희는 실천과 공부를 통해 한평생을 변(절)하지 않고 초지일관하여 광신적인 냉전·반공·극우·독재 이데올로기에 맞서 싸웠다. 인권과 평화가 보장되는, 그래서 상식이 통하는 평등한 민주사회를 쟁취하기 위해 투쟁하였다.

(…)리영희는 계몽의 방법으로 상식을 실천하였다. 그리고 아직도 실천하고 있다. 모든 상식이 뒤집혀진 사회이기에 그의 실천은 고귀할 수밖에 없다.

리영희가 휴머니스트라는 점에 대해서는 리영희도, 리영희를 평가하는 사람들도 대개 일치하고 있다. 나 또한 동의한다. 그런데 그보다는 평화주의자, '개인적 평화주의자'라는 표현이 리영희에 대한 좀더 적절한 규정으로 생각된다. (…)'개인적'이라는 표현은 그가 한평생 홀로 외로이 투쟁했기에 붙인 수식어이다.

하지만 리영희는 한때 '소아병적 영웅주의'를 꿈꾼 평범한 젊은이였다. (…)리영희는 성격상 많은 결함과 모순은 자신이 설명한 그대로다. 그의 글이 1백 퍼센트 논리적 일관성을 갖는 것도 아니다. 이것도 그는 인정한다. 그의 여성관은 보수적이며 성에 관해서는 이중적이다. 다른 사람이 갖는 편견을 리영희도 갖고 있다. 열등감도 가졌고, 권위에 기대는 모습도 보였다. 글을 쓰기 위해 아이들에게 신경질도 냈고, 젊은 장교 시절 기생과 술을 마시며 놀기도 했다. 미국의 대학에서 있었던 강연회에서는 '토라지는' 모습도 보여주었다. (…)리영희는 '우리 안에' 존재하는 그런 리영희다.

(…)자신의 치부를 드러냈다. 그리고 거기에서도 배웠다. 바로 이 점이 리영희의 훌륭한 점이다. 리영희는 애초부터 위대했고, 어린 시절부터 골목대장이었으며 태몽부터 달랐다는 상투적인 위인전에 나오는 그런 사람은 결코 아니다. 리영희는 대기만성형이다.

이처럼 긴 글을 인용한 것은 김만수 씨의 글만큼 리영희 선생님을 정확하게 표현한 글을 아직 못 보았기 때문이다.

선생님이 느끼는 열등감과 겸손함에 대해서 조금 더 얘기하고 싶다. 선생님은 아무리 어린 사람이나 무지한 사람이 비판해도, 그 말에 정확함만 있으면 망설이지 않고 "옳아요! 맞아요! 그 말이 참 맞구먼. 나도 고쳐야 해요."라고 말씀하셨다. 이것이 내가 선생님을 존경하는 이유다.

선생님이 함께 고생을 하면서 부러워하고 열등감을 느낀 두 분이 있는데, 2004년 고인이 된 김진균 전 서울대학교 사회학과 교수와 민족경제론의 대부 박현채 선생님이시다.

김진균 선생님은 서울대학교 출신에 성격까지 좋은 분으로 누구에게 싫은 소릴 할 때에도 상대가 기분 나쁘지 않게 하는 품성의 소유자이기 때문에 부러워하셨다. 또 박현채 선생님은 아시다시피 10대(1950년 10월부터 1952년 8월까지)에 이미 지리산을 누비는 빨치산으로 활동하셨는데, 조정래 소설 『태백산맥』 9권 첫 꼭지에 나오는 '위대한 전사 조원제'가 바로 이분이시다. 국군 장교로 전장을 쫓아다니시던 선생님께서 박현채 선생님께 열등감을 갖는 것은 어쩌면 당연한지도 모른다.

리영희 선생님이 첫 재판을 받던 날, 한증막 같은 더위에도 박현채 선생님은 일찍 오셔서 맨 앞자리를 지키고 계셨다. 리 선생님이 법정에 입장하시자 적막함 속에 모두들 마음 아파하고 있는데 박현채 선생님께서 리 선생님의 별명 '말갈'을 큰 목소리로 외치는 바람에 사람들이 모두 긴장을 풀고 웃었다.

리영희 선생님이 학계에서 군계일학처럼 사신 분이시라면 화가 박정호는 미술계에서 군계일학처럼 사는 사람이다. 박정호를 처음 만난 곳은

박정호

1958년 출생.

세종대학교 회화과를 졸업했다.

1989년부터 1995년까지 프랑스 파리에서 유학했다.

Ateiler 17Contrepoint에서 판화를 연구했으며

파리국립미술학교에서 판화수업을 받았다.

현재 Salon d' Automne의 회원이며 판화사랑 운영위원이다.

2003년 10월 판화미술제가 열린 예술의 전당 한가람미술관에서다. 처음
만나 같이 식사하고 맥주를 마신 사람은 평생 동안 내게 있어 열 사람도 되
지 않는데 박정호와의 첫 만남은 특별했다.

화가 박정호를 노래하다

걷는 걸음마다
외로움 비 되어 내려,
처음 만나 맥주를 마시고 떠나는
네 뒷모습,
처절하도록 아름다웠다.
이 가을
실낙원의 아침 저녁에는
어떤 꽃을 피워야 하는지
그 새로 핀 꽃잎 한 점씩 떼어내
술을 마셔야만 잠들 수 있는 내게
첫눈 같은 네가 나를
곰비임비 설레이게 한다.
노동의 긴 여행 속에서만
얻을 수 있는 네 검은 땀 앞에서

나는 '완두콩'

한 알의 존재만큼도 되지 못함에

절망하고 있다.

온 누리 모든 것이

네 손 끝에 닿으면

생명을 잉태하거늘!

　박정호는 시처럼 내게 온 남자다. 그의 뒷모습을 보며 '아하! 걷는 걸음마다 외로움이 비 되어 내리는 이 남자가 어디에 숨어있었을까?' 하고 생각했다.

　2003년 12월 25일과 2004년 12월 28일에 박정호와 둘이서 리 선생님 댁에 갔다. 두 번째 갔을 때는, 선생님이 소장하고 있던 책을 경기도 군포 도서관에 기증하시면서 문학에 관한 책은 다 가져가도 좋다고 하셨는데 갖다놓을 곳이 마땅치 않아 가져온 책 중 3분의 2는 이 친구가 가져갔다. 학교 다닐 때부터 책을 좋아했고 지금도 즐겨 읽는 사람이라 무거운 책을 실어 나르면서도 좋아해서 덩달아 기분이 좋았다.

　사실 오래전에도 리영희 선생님 얘기를 쓰려고 생각했던 적이 있었는데, 그때는 개인적으로 만난 사람 이야기는 안 쓰려고 했었다. 그러나 다리 장애로 살아온 후유증 때문에 산문으로는 이 책이 마지막이라는 생각이 들어 내 기억에 좋게 남아있는 모든 이들을 쓰기로 했다.

다정다감하고 섬세하며 열심히 공부하는 모습과 부엌일을 잘하는 것까지 두 사람은 많이 닮았다. 그런데 겉으로 느껴지는 분위기는 전혀 다르다. 예술가와 학자의 차이 같지는 않고 외모에서 풍기는 분위기가 정반대이기 때문일까? 굴참나무 숲에서 불어오는 싱그러운 바람 소리 같은 10대 소년처럼 천진난만한 그들이 부럽다.

머루주를 마시며

불꽃처럼 사랑했던 남자와

첫눈처럼 사랑하고 있는 남자와

수려한 수리산 자락에서

머루주를 마시고 있다.

그대여!

내 사랑 더도 말고 오늘만 같았으면

좋겠습니다.

마흔아홉 살의 마지막 날인 1990년 12월 31일에야 나는 사람과 사람 사이에도 '섬'이 존재한다는 걸 깨달았다. 학자와 시인은 역시 그럴 수밖에 없다고 생각했는데, 육십이 넘어 겪어보니 화가와 시인 사이에도 섬이 존재한다는 것을 알게 됐다. 시를 쓴다는 사람이 하늘과 바다의 색이 비슷하다는 사실조차 안 지가 얼마 안 된 '모지리(모자라는 사람)'인지라 치밀하고, 정확하고, 빈틈이 없는 학자와 다정다감하고, 섬세하면서도, 성깔 있는 화가에게 내가 열등감을 갖진 않았을까? 섬이 존재한다는 걸 느꼈을 때 쓴 시 두 편이다.

마흔 아홉의 마지막 날에

잠시라도 함께 있고 싶은 마음으로
찾아 간 그의 연구실
을씨년스럽다 못해
삭막하기까지 한 복도에
한발짝 들여놓자마자
우렁차게 들려오는 목소리!
생나무 토막 같은 그의 몸과
몹시도 닮은 그 목소리는
나를 금방 들뜨게 했지!
인터뷰에 방해될까
복도에서 서성서성
옥상에서 서성서성
차에서 내려있는 것을 확인하고 •

가슴 설레이며 머리를 가다듬고

거울을 꺼내보던

사랑 가득한 소녀의 마음은

거의 한 시간을 서성이는 사이에

다 사라져버리고…

혹시 끝나가는 중이 아닐까

귀를 바짝 기울이니

"우리나라는 물론이고 전 세계의 석학들이 지금 거의 다 인식착오에

빠져 있는 혼란기이다. 모든 이론과 관념의 재정립기라고 볼 수도 있

고… 새로운 인류사회의 내용을 모색해야 할 시기인 동시에 철학적인

고뇌를 통해 새로운 세계관을 확립해 나가야 할 시기라고 볼 수도 있

고… 이제 좌와 우는 우습게 되었다. 보수 진보도 물론이고 좀더 인간

적인 인류애의 바탕에서 그동안 소홀하게 다루었던 아주 작은 것에서

부터 새로 시작해야 하지 않을까?…"

새해를 맞이하는 지성인의 입장에서

더구나 이 시대 사상의 은사이신 교수님께서는 하실 이야기가

무궁무진하시고…

무식한 나는

도저히 빨리 끝날 것 같지 않은

어려운 얘기를 등 뒤에 남겨두고…

집으로 오면서

사람과 사람 사이에도

섬이 존재한다는 전설 같은 얘기가

믿고 싶어졌다네!

시처럼 내게 온 너에게 27

나 비록 네 맘, 네 몸,

곁에 없었지만…

네가 숨 쉬는 곳에서 보낸

첫 밤이기에

밤새 쏟아지는

추녀 끝 빗소리에도 행복하고

첫 잠 깨어 들리는 개구리 합창

두 잠 깨어 들리는 뻐꾸기의 청아함

백담사 큰스님 『절간 이야기』

읽으며 극락이었다.

취중 너를 두고 돌아올 때

느껴보지 못한 쓸쓸함으로

칠월 한낮 더위 속에서도

종일 마음 시려하며

……

사랑은

비교하면 안 되는 거

잘 알면서도

내 곁에서는

단 한 번도

피곤한 모습

보이지 않고

추억을 소중히 하던…

그가 오랜만에 미소 짓고 있다.

시인 이행자가 만난

신경림과
누웅져

신경림

1935년 충북 충주 출생.

동국대학교 영문과를 졸업했다.

1956년 〈문학예술〉에 시 「갈대」, 「묘비」 등이 추천되어 등단했다.

만해문학상, 한국문학작가상, 이산문학상 등을 수상했다.

2006년 현재 동국대학교 석좌교수이다.

지은 책으로는 시집 『농무』, 『새재』, 『남한강』이 있고

그외 저서로 『뿔』, 『가난한 사랑노래』, 『민요기행』, 『우리 시의 이해』,

『신경림의 시인을 찾아서』 등이 있다.

우정 반세기

"얌-마!"
"짜-샤!"
육십이 지났어도
모두들 동심여선이다
시인도 박사도 교수도
우정 반세기 앞에서는 맥을 못 춘다
"중서가 말야 스무 해쯤 전에 이 집에서 홍어찜을 시켜놓고는 한다는
소리가 주인을 불러, 상한 음식을 판다고 호통을 치는 거야…"
신경림 선생님께서 말문을 트시자,

전화를 걸고 자리에 앉으신 구중서 선생께서도 한마디

"칠십 몇 년도드라… 신경림이가 말야 홍어찜이 나오니까 주인에게

막 경을 치는 거야 상한 음식을 팔면 어쩌느냐고… 주인 표정이 어땠

겠어? 기가 막혀 말도 안 나오는지 멀거니 우리를 바라보대…"

웃다가 지친 나는 물었다.

"아-아니! 그럼 누구 말씀이 진짜예요?"

"둘이 같이 그랬지… 뭘…"

아직도 무너져내린 삼풍백화점 콘크리트 더미에

수백 명이 묻혀 있어

웃을 일이 없던 우리는

오랜만에 한바탕 웃었다

늘 점심이 아니고 겸심인

김호일 선생을 구 선생님이 야단치신다

"내가 그래도 명색이 국어선생인데, 이게 맨날 점심을 겸심, 겸심하니

바로 잡아줘야 될 게 아니야…"

"얌-마! 내가 언제 '겸심'이라고 그랬냐?

이 짜식은 꼭 나만 만났다 하면 말의 꼬투리를 잡고 늘어진단 말야"

그저 재미있는 신 선생님은

"짜샤! 넌 왜 자꾸 그러냐? 짜-샤!"

웃다가 지친 내가

"이러다가 정말 싸우시겠네요…"

드디어 신 선생님 사투리가 등장하셨다.

"내-비-둬어유! 지들끼리 싸우든 말든…"

우정 반세기속에

찐득찐득한 95년 여름밤이 깊어간다.

2002년 도서출판 '삶이 보이는 창'에서 출간한 내 시집『그대, 핏줄 속 산불이 시로 빛날 때』를 주재환 선생님께 드렸더니 선생님은 이 시가 너무 너무 재미있다며 제일 마음에 든다고 하셨다.

"앞으로는 계속 그렇게 재미있는 시만 쓰세요."

"왜요, 다른 시는 하나도 마음에 안 드세요?"

(내가 짓궂게 따져 묻자)

"그게 아니라 내가 다 아는 얘기라 재미있다는 얘기예요."

사람들은 신경림 선생님을 '신대충'이라 부르고, 구중서 선생님을 '구섬세'라 부르는데, 나는 그 반대라고 생각한다.

신 선생님은 나를 전태일문학상에 뽑아주신 '싸부님'이신데『그대, 핏줄 속 산불이 시로 빛날 때』에는 과분한 발문까지 써주셨다.「선명한 이미지 속의 아름다운 사랑 노래들」이라고 써주신 발문을 읽고 있노라면, 한

없이 부끄럽고 송구스러울 뿐이다.

나는 이 시집을 원고로 통독하면서 이행자라는 가슴이 열려있는 사람
과 스스럼없는 대화를 하고 있는 즐거움을 만끽할 수 있었다.

신 선생님은 도서출판 세계사에서 나온 제3회 전태일문학상 작품집『열
풍』에서도 과분한 칭찬을 해주셨다. 나는 그 심사평을 김남주 선배(나는
김남주 시인을 이렇게 부른다. 여연 스님이 손아래인 사람을 선배라고 부르는 게
못마땅했는지 "야! 그 동네도 짬밥 동네냐?"라고 놀려댔지만, 그는 내가 가장 존
경하는 시 선배님이다. 남주 선배가 없었으면 전태일문학상에 투고하지도 않았을
테니까)가 쓴 글인 줄 알고 김남주 선배를 사부로 모셨다. 김남주 선배가
암 투병중일 때에도 나의 애인들에게 얘기해 치료비를 모금하고(아마 이때
안용대 씨는 10만 원이나 낸 걸로 기억하고 있다) 이시영 시인, 민영 선생님이
랑 함께 병원도 여러 번 갔었고, 가슴이 아파서 매일 울고 다녔다. 오죽했
으면 이시영 시인이, 김남주 선배 1주기 끝내고 여의도 어느 지하 식당에
서 뒤풀이하던 날, "누이! 이제 고만 김남주는 잊어요. 그만하면 누이는 최
선을 다한 거예요."라고 말했겠는가.

사부라서기보다는 그의 삶이 너무 안타까웠고, 그가 그토록 무서운 통
증에 시달리는데 내가 할 수 있는 일은 고작 돈이나 모으는 일밖에 없다는
사실이 그때 나를 너무 슬프게 했다.

남주 선배가 나를 전태일문학상에 뽑아준 줄로만 알았는데 사실은 신경림 선생님이 우겨서 뽑았다는 얘기를 들은 것은 인사동 어느 술집에서였다. 신 선생님, 구 선생님과 여러 얘기를 나누다가 김남주 선배 얘기가 나오자 구 선생님께서 느릿느릿 말씀하셨다.

　"이행자 씨가 김남주 시인한테는 참으로 끔찍하게 잘했던 친구야. 망월동 묘지까지 다녀오고 말야. 나이는 아래지만 얼마나 깍듯이 모시고 존경하는지 타의 추종을 불허할 정도야."

　"선생님 당연한 거지요. 싸부님인데요. 전태일문학상에 뽑아주신 건 물론이고, 심사평에 '피로 쓴다'는 표현을 새삼스럽게 떠올리게 된다고 극찬까지 해주셨는데요."

　신 선생님이 깜짝 놀라면서 하시는 말씀이, "어어, 참! 그건 내가 쓴 글인데…. 시상식날 일이 있어 내가 참석 못하는 바람에 심사평은 내가 쓰고, 시상식장에는 남주가 가기로 했었거든."

　수년을 김남주 선배가 나를 뽑아준 걸로 알고 있던 나는 너무 놀라서 건방지게도 선생님께 "정말이세요, 선생님?" 하고 물었다. 선생님은 어이가 없으셨는지 가만히 계셨고 옆에서 구 선생님께서 "적어도 신경림이가 그런 거짓말할 사람은 아니지."

　"아니, 선생님도, 거짓말이라는 얘기가 아니구요. 제가 너무 놀라서…. 선생님 정말 죄송합니다."

　어찌나 송구스럽던지 쥐구멍이라도 있으면 숨고 싶을 정도였다.

"그게 사실은 말야. 이영희라는 이름으로 투고했길래 나도 누군지 몰랐는데, 남주는 너무 상투적이니 빼자는 거야. 나는 처음에는 민가협 어머님인 줄 알았거든. 결국은 내가 우겨서 뽑은 거라구!"

그때 나는 오철수, 조호상과 함께 상을 받았는데 그들은 이미 시인이었다. 나는 그들과 함께 상을 받은 것 때문에 엄청난 배신감을 느꼈다. 전태일문학상만은 노동현장에서 땀 흘리는 사람들을 뽑아야 한다고 생각했기 때문이다.

오죽했으면 내가 전태일 열사의 친구이며 지금까지 '전태일 기념사업회' 핵심 회원인 민종덕 씨에게 "전태일문학상도 이런 상이었어요? 나는 정말이지 이 상 안 받고 싶네요!"라고 얘길 했겠는가. 이후로 내가 예심 볼 때는 문창과 학생들은 심사에서 제외시켰다. 그 애들은 '신춘문예'에 나가면 되니깐.

오래는 아니지만 신 선생님과 함께 전태일문학상 수상작들을 고르면서 많은 걸 배웠다. 내가 뽑았으면 하는 시와 선생님이 뽑으시는 시가 늘 일치해서 얼마나 으쓱했는지 모른다.

선생님이랑 후배랑 '청주 작가 모임'에 갔을 때가 생각난다. 마침 구 선생님이 바빠서 함께 못 갔는데 선생님께서 어찌나 "중서랑 왔으면 참 좋았을 텐데…"라고 연발하시던지. 거짓말 보태지 않고도 열 번쯤 이 말을 하신 것 같다. 오죽했으면 내가 "선생님! 두 분이 사귀세요?"라고 했을까.

"그게 아니고 중서랑 왔으면 더 재미가 있었겠다 이거지."

"하여간에 두 분이 똑같아요, 똑같아. 구 선생님도 혼자 어디에 오시면 '경림이가 같이 왔으면 좋았을 텐데⋯' 하고 계속 말씀하시거든요."

"야! 이행자는 저렇게 얘기하면서 만날 중서랑 내 이름 부른단다."

내가 술이 조금 취해 까불기 시작했다 하면 평소엔 함부로 부를 수 없는 선생님 이름을 부르기도 한다.

"선생님 있잖아요. 중서가요, 선생님 보고 싶대요. 요즈음 오래 못 보셨다면서요?"

어떤 후배가 신 선생님께 물었다.

"선생님! 저도 이행자 선배처럼 한번 해볼까요?"

"아무나 하는 게 아냐. 군번이 돼야 하는 거지."

앞에서 잠깐 얘기했듯이 내가 신 선생님을 '신섬세'라고 하는 것은 그 분의 기억력이 너무 뛰어나기 때문이다. 1995년 봄 어느 날 시집 『길』을 주시면서 "이행자로 쓸까? 이영희로 쓸까?" 하고 물으셨다. 5년 전 전태일문학상에 투고했을 때 썼던 이름을 기억하시는 것이다.

내가 어느 자리에선가 누구는 대학교수 되더니 목에 너무 힘을 줘서 함께 술 마시기 싫다고 했던 말을 기억하셨다가, 지금은 없어진 '시인학교'에서 내 앞에 앉으시며(이때 선생님은 동국대학교 석좌교수셨다) "나는 교수라도 목에 힘 안 주니까 앞에 앉아도 괜찮지?" 이런 분이 어찌 '신대충'인가, '신섬세'지.

"선생님 늘 건강하세요."

구중서

1936년 경기도 광주 출생.

명지대학교 국문과를 졸업하고 중앙대학교 대학원에서

국문과 박사학위를 취득했다.

문학평론가이며 수원대학교 국문과 교수, 인문대 학장을 역임했다.

저서로는 『한국문학사론』, 『문학을 위하여』, 『민족문학의 길』,

『분단시대의 문학』, 『한국문학과 역사의식』, 『자연과 리얼리즘』,

『문학과 현대사상』, 『역사와 인간』 등이 있다.

숫눈 같은 사람1

북악의 꽃샘바람

간간히 귀 밑 볼을 스치는 저물녘

탑골 향해 걷고 있는 저 사람

세상 모든 짐 혼자 지고 걷는다

꼭두새벽까지 잠 못 이루고

어둠 한 모서리를 쪼는 새처럼

취하지 않고 늘 마시지만

마음병이 얼마나 깊은지 안다

저녁노을이 가까워도 선한 눈망울에

늦여름 깨꽃 들판이 출렁이고

느릿느릿 한마디에

때로는 고기비늘이 번득이지만

과녁에 박힌 화살처럼 떨고 있는 이여

이윽고 새 봄이 온누리를

곰비임비 빛나게 만드는 그 날!

당신 품에 기대어 걷고 싶다.

1994년 이른 봄이었던가? 광화문에 있는 대한출판문화회관 강당에서 민족문학작가회의 총회를 마치고 파고다 공원 뒤쪽에 있는 뒤풀이 장소 '탑골'을 향해 걸어가는 구중서 선생님을 뒤에서 쫓아가다 문득 떠오른 시이다.

이때까지 나는 구 선생님과 개인적으로는 친하지 않았다. 한 10년 전쯤 명동 계성여고 뒷문 쪽에 있는 전·진·상 교육관 월요강좌 프로그램에서 선생님이 '제3세계 문학론'을 한 달 동안 강의하신 적이 있었다. 나는 그때 아버지가 병원에 입원중이어서 무척 피곤한 상태에서 강의를 들었는데 선생님 말씀이 어찌나 느린지…. 아마 한 번 듣고 안 들었던 걸로 기억한다.

내가 워낙 콩 튀듯 팥 튀듯 덤벙거리는 성격인지라 가끔씩 작가회의 모임에서 뵐 때에도 근엄한 모습 때문에 전혀 친해지고 싶다는 생각이 없었다. 그런데 이날 선생님의 뒷모습을 바라보노라니 1980년대를 힘겹게 살아오셨을 거라는 생각이 들었다. 또 백기완 선생님이 칭찬을 많이 하셨기에 좋은 느낌을 가지게 됐다.

전 수원대학교 국문과 교수이자 문학평론가인 구 선생님은 정년퇴임 후에도 계속 공부하시는 학자이시다. 2002년 10월, 북한에 다녀오셔서는 「고구려는 살아있다」라는 문화기행을 쓰시면서 그림까지 그리셨다. 선생님께서는 예전 우리 선비들처럼 시서화를 겸비한 학자가 되고 싶으신 거다. 글씨는 워낙 잘 쓰시고, 그림도 주재환 화백이 "형님! 이 정도면 아마 추어 경지는 벗어나신 것 같으니까 열심히 노력하세요!" 할 정도이다.

선생님은 2002년 10월 평양행 고려항공기를 타고 평양 순안 비행장에

생애 첫발을 내딛으셨는데, 아마 그 감회를 말로 표현하시기 힘들었을 것
이다. 「고구려는 살아있다」의 몇 대목을 옮겨 적는다.

보통강여관에 숙소를 정하였다. 여관의 정문 바로 앞 열 발짝쯤에 보
통강물이 흐르고 있다. 크지도 않고 조용한 흐름이 거의 지상과 같은
높이를 이루고 있다. 친근해 보이고 그야말로 보통인 물길이 이 자리
에서 고조선을 흐르고 고구려를 흘렀으며 또 지금도 흐르고 있다. 이
강은 대동강과 함께 고구려의 대성산성과 안학궁 근처를 휘돌아 흐르
고 있는 것이다.

내가 평양에서 관심을 가지고 찾은 곳은 대동강의 쑥섬공원 강변이
다. 여기쯤이면 고구려 을지문덕 장군의 살수(청천강) 대첩 때 수나라
수군이 따로 대동강에 들어온 장면을 연상할 수 있는 곳이다. 고구려
을지문덕 장군이 중국 수나라 대군의 침공을 막아내 나라를 구한 살
수대첩은 청천강 전선에서만 이루어진 것이 아니다. 바다를 건너온
수나라 수군의 침공이 별도로 대동강을 따라 평양에까지 이르렀었다.
대동강의 수군마저도 고구려군이 격퇴시킨 데서 살수대첩은 비로소
완성이 이루어진 것이다. 쑥섬은 대동강의 하류가 시작되는 지점이므
로 바로 그 싸움의 복판이었다.

살수대첩을 생각하며 이 강변에서 서성인 선생님은 또 하나의 역사적인 사건을 떠올렸다.

> 1948년 4월에 이 공원의 수목 그늘 아래에서 한 야유회가 열렸다. 참석자는 김일성, 김구, 김규식, 홍명희, 조소앙이고 이밖에 더 여러 명이 있었다. (…)남과 북에서 각기 단독 정부를 세우는 일은 막자고 모인 이들이 공식적인 회의는 하지도 못하고, 이렇게 한담과 여흥으로 허탈한 시간을 보내야 했다니. 실로 대동강 물에 눈물을 보태야 할 일이었다.

선생님은 문학평론가이기 전에 민족주의자인 분인지라 기행 목적도 남다른 뜻이 있었다.

> 내가 기행을 하는 방법은 어떤 형체의 구조를 분석하거나 아름다운 경관을 목적하는 것이 아니다. 나는 이 민족 역사의 어떤 중요한 의미와 인연을 맺고 있는 땅과 강과 바위와 산, 이런 자연으로서의 근거를 확인하는 것이다.

선생님은 평양에서 고구려 기행을 하시고 돌아와서 "고구려는 북한의 평양과 청천강에만 있는 것이 아니다."라고 믿고 공부하셨다.

이제 고구려는 북한의 평양과 청천강에만 있는 것이 아니다. 남한의 충북 중원 지역과 특히 서울의 아차산성에 풍부하게 남아있다. 온달산성이 있는 충북 단양에서는 2004년 10월에 '온달 문화제'를 개최하였다. 2005년 여름에는 서울과 지역에 걸쳐 '고구려 대축제' 행사가 진행된다. 앞으로 남과 북이 원활히 내왕하면서 우리 민족사 안의 고구려를 오늘에 더욱 살려내고 누려야 할 것이다. 2004년 유네스코가 북한의 고구려 유적을 세계문화유산으로 등재할 때에도 남과 북의 문화재 당국이 긴밀히 협력하였다.

고구려를 생각하면 함께 생각하게 되는 것이 있다. 그것은 신라에 관한 문제이다. 함석헌이 고구려 역사의 중단을 애석해한 데에는 신라에 대한 원망이 담겨있다. 각기 부족국가로 고구려 · 백제 · 신라가 한반도와 만주에 걸쳐 나뉘어있었지만, 신라가 생판 다른 민족인 중국의 당나라 군대를 불러들여 함께 백제와 고구려를 공격한 것이 큰 잘못이라는 것이다.

많은 사람들이 신라의 삼국통일에 대해 이와 같은 갈등을 느끼고 있다. 신라는 이 문책에서 자유롭게 되기가 어려운 것도 사실이다. 그러나 신라도 당나라와의 연합군 편성이 원래 즐겁기만 했던 것은 아니다. 거기에는 나름의 고뇌도 있었으며, 저질러진 역사적 과오를 바로잡으려 한 고투도 있었다.

이 점을 생각해주는 이는 많은 편이 아니다. 그러나 이 문제에 대한 이

해와 화해가 없이는 한반도 영역에 살고 있는 민족의 역사적 명분을
찾기가 어렵다.

국문학은 물론이고 전통문화까지 깊이 공부하신 구중서 선생님은 이렇
게 주장하셨다.

일찍이 고구려의 담징과 백제의 왕인은 일본에까지 가서 문화를 전하
였다. 유라시아 통로와 실크로드로 가고 온 대륙의 문화가 동쪽의 종
착역에 자산과 저력으로 축적되어 있는 것이다.
이제 한국을 가리켜 동아시아의 허브라든가 동아시아의 균형자라는
말을 쓰더라도 그 개념이 물리적인 것으로만 되어서는 안 된다. 문화
의 질을 가지고 하는 말이 되어야 한다.

선생님이 만드신 <광산통신(정년퇴임하시고 선생님께서는 당신의 호를 단
조그만 책자를 만드셨다)>「고구려는 살아있다」는 내게 어려운 공부였다.
존경하는 동지를 잃고 헤매시는 선생님을 위로하기 위해 쓴 시 「연민」
으로 글을 끝맺는다.
"선생님 건강하세요."

숨어있던 오솔길도

배시시 미소를 머금고

편식 안 해 착한 잎새들

고운 옷 갈아입는 이 가을에

내 사랑하는 사람이

동지를 잃고 통곡합니다

어둠에 갇혀 날기를 포기했을 때

유치장 담장 뒤돌아보며

가슴 저미던 그 선배가 없었다면

지금의 자기는 없노라며

온몸으로 통곡합니다

핍박한 땅에 태어나

역사를 사느라 고생만 하다가

뜻 채 펼치지도 못한 것이 아쉬워

가을바람에서도 기울이는 술잔 속에서도

그를 만납니다

누구에게도 먼저 등 돌리지 못하는

아름다운 이여 당신을 잃으면

지금 당신처럼 아파할

어리석은 이가 있습니다

시인 이행자가 만난

만해스님과
춘성스님

만해 한용운

1879년 충청남도 홍성 출생. 1944년 입적.

서당과 향교에서 한학을 배웠다.

19세에 출가해 1917년 오세암에서 깨달음을 얻었다.

1919년 3·1 운동 때 민족대표 33인의 독립선언을 주도하고

체포되어 감옥생활을 했다.

1937년 청년 불자들의 항일 조직인 만당(卍黨)이 발각되면서

배후인물로 지목돼 일제의 감시를 받았다.

그뒤에도 불교의 혁신 운동과 작품활동을 계속하였다.

지은 책으로 『조선불교유신론』, 시집 『님의 침묵』, 장편소설 『흑풍』 등이 있다.

책이 책을 부른다더니, 책이 사람도 부를 수 있다는 사실을 이제야 알았다.

박정호의 화실에서 음악을 들으며 맥주 마시고 이야기 나누다가 차를 놓쳐 잠이 들었다. 추녀 끝에 떨어지는 빗소리에 행복한 잠에서 깨어, 지금은 백담사에 계신 오현 큰스님이 쓰신 아름다운 절 풍경 사진이 담긴 『절간 이야기』를 읽었다. 『절간 이야기』 아홉 번째 꼭지에 만공 스님과 만해 스님에 관한 얘기가 나왔다.

‘참, 기막힌 인연이네! 내일은 만해 스님과 춘성 스님을 써야겠구나!’

책을 보니 저절로 쓰고픈 마음이 생긴 거다.

2005년 6월 15일자 <한겨레>에 만해의 유일한 상좌인 춘성 스님에 관한 기사가 「위선 뚫은 ‘도봉산 호랑이’의 욕설법문」이라는 제목으로 크게 실렸다. 1960년대 후반부터 1970년대 초반까지는 여름마다 망월사에 가서 친구랑 며칠씩 묵기도 했다. 또 일요일마다 외삼촌, 외사촌 동생 등 외 갓집 식구와 함께 도봉산으로 등산을 다닐 때도, 나는 스님이 보고 싶어 외삼촌이 밥 짓는 사이에 불편한 다리를 끌고도 꼭 올라가 스님을 뵙고 올 만큼 춘성 스님을 따르고 좋아했다.

만해 스님이야 누구나 잘 아는 민족 시인이자 애국지사지만 나는 한 번 도 뵌 적이 없는 분인지라 쓸 생각을 못했었다. 앞으로 쓰는 만해 스님 얘 기는 거의 다 1986년 청년사에서 출간한 『님의 침묵』에서 빌려왔음을 미 리 밝혀둔다.

먼저 『절간 이야기』에 실린 얘기.

일제 때, 총독부에서 전국의 33본사 주지 스님들을 모아놓고 "조선 승 려들도 결혼을 하기 바란다."라고 했을 때 당시 수덕사 만공 스님이 "범계(犯戒)하면 그 나라 물도 먹을 수 없고 땅도 밟을 수 없다. 더욱 비구(比丘)를 파계시키면 죽어 축생이 된다. 고로 조선 총독은 세세토 록 지옥 축생이 될 것이다." 이렇게 설파하고 그들의 우리 문화 말살 정책을 준엄히 꾸짖은 일이 있었는데 이 말을 전해들은 만해 한용운 스님이 한달음에 달려가 만공 스님 산창을 두드리며 "사자의 한 울음 에 요괴의 뇌가 찢어졌습니다. 그러나 기왕이면 할(수행자의 망상이나 사견을 꾸짖어 반성하게 할 때 내는 소리)보다는 몽둥이로 내리쳤으면 더 좋을 뻔했습니다." 하고 그날의 일을 찬탄하자 만공 스님은 이렇게 말했답니다.

"이 좀스런 친구야! 사자는 그림자만 보이는 법이니라."

『님의 침묵』에 엮은이가 쓴 감상글을 옮겨 적는다.

님이 침묵하는 시대의 참시인

만해 한용운을 시집 『님의 침묵』과 함께 기억하는 독자라면 어느 독자도 그를 단지 '님을 노래한 시인'으로만 기억하지 않는다. 그는 승려로서 위대한 종교가였고, 식민지 시대의 행동적 민족운동가였으며 훌륭한 민족시인으로 오랫동안 우리 민족의 기억에 남아있다.

1926년에 간행된 『님의 침묵』은 만해의 종교적, 사회적 사상과 활동을 시로 담아낸 것이기에 이 시집의 참뜻에 접근하려면 그의 삶을 간단히나마 살펴보아야 할 것이다.

만해 한용운은 1879년 충남 홍성군 결성면에서 한응준의 둘째 아들로 태어났다. 당시는 강화도조약 이후 제국주의가 침략전쟁을 시작하는 때였다. 만해는 그렇게 식민지, 혹은 식민지적 사회에 삶의 첫걸음을 내딛게 된다.

그는 어릴 때 서당에서 한문을 배웠고 열여덟 살이 되면서부터는 설악산 오세암에 은거하며 5~6년 동안 불교 서적을 중심으로 근대적인 교양 서적을 두루 섭렵했다고 한다. 중국의 계몽주의자 량치차오(양계초)의 저작들을 통해 칸트, 베이컨 등 서양의 근대사상들을 접하며 세계에 대해 폭넓은 이해를 갖게 된 만해는 그 무렵 세계여행을 마음먹고 설악산을 내려온다. 그는 처음에 블라디보스토크로 발걸음을 옮겼으나 그곳에서 박해를 받고 돌아와 이곳저곳을 방황하다가 1901년, 열네 살에 결혼했던 처가에서 약 2년간 은신하게 된다.

그후 다시 방랑하다가 1905년에는 설악산 백담사에서 김연곡 스님으로부터 봉완(奉琓)이라는 계명(戒名)을 받고 승려로 정착한다. 법명을 용운(龍雲), 법호를 만해로 한 것은 그뒤 건봉사의 만화 선사로부터이다. 승려가 된 뒤에도 그는 세계에 대한 견문을 넓히고자 하는 욕구를 버리지 못하고 만주, 시베리아 등지를 떠돌아다녔으며, 1908년에는 일본의 도쿄, 교토 등지의 사찰을 순례하고 조동종대학림(曹洞宗大學林)에서 불교와 서양철학을 공부하기도 한다.

불교사상가로서 만해는 『조선불교유신론』이라는 대저서를 남긴다. 이는 불교의 이론을 해설한 것이 아니라 조선불교의 낙후성과 은둔성을 대담하게 분석 비판하고, 그 극복 방향을 제시하는 철저한 실천론이다. 여기서 만해는 불교를 현실과의 적극적인 관계 속에서 해석하여, 불교의 이념을 고정불변의 진리로부터 해방시키고 인류 역사의 발전에 기여하는 하나의 가치관으로 보았으며, 자신은 불교를 인류의 이상에 합치되는 종교로 본다고 밝혔다.

만해가『조선불교유신론』을 탈고한 백담사는 지금 '백담사 만해마을'이라는 명칭을 내걸고, 만해를 조금이라도 더 많은 이에게 알리려고 노력하고 있다. 이곳에는 만해의 시「나룻배와 행인」이 자연석 그대로인 아름다운 바위에 새겨져 있다.

나는 나룻배
당신은 행인

당신은 흙발로 나를 짓밟습니다.
나는 당신을 안고 물을 건너갑니다.
나는 당신을 안으면 깊으나 옅으나 급한 여울이나 건너갑니다.

만일 당신이 아니 오시면 나는 바람을 쐬고 눈비를 맞으며 밤에서 낮까지 당신을 기다리고 있습니다.
당신은 물만 건너면 나를 돌아보지도 않고 가십니다그려.
그러나 당신이 언제든지 오실 줄만은 알아요.
나는 당신을 기다리면서 날마다 날마다 낡아갑니다.

나는 나룻배
당신은 행인

민족운동가로서 만해의 항일운동 편력은 3·1운동 직전인 1917년에 표면화된다. 『조선독립이유서』와 『조선독립의 서』를 통해 우리가 알 수 있는 그의 민족주의 사상은, 인류 역사는 필히 발전을 향한다는 '진보사관'과 민중이 창조해 나간다는 '민중사관'을 바탕으로 하고 있다. 그러므로 조선 민족의 독립은 필연적인 세계사의 진행 방향이라고 주장하였다. 3·1운동의 준비 과정에서도 그는 청원 형태의 타협적인 자세를 철저하게 반대하고 식민지 지배 체제의 즉각적이고 전면적인 철폐만이 독립운동의 유일한 길이라고 강력히 주장했다.

1922년, 3년간의 옥고를 치르고 나온 그는 이전보다 더 활기차게 민족운동을 전개하여, 청년 모임의 강연을 통해 조선인의 각성을 촉구하였고, 1924년에는 불교 청년회 총재로 취임하게 된다.

그후 1926년에 『님의 침묵』을 발간하고 성북동 심우장에 은거하면서 1927년에는 신간회의 발기인으로 경성 지회장이 된다. 1929년 광주 학생운동 때에는 민중대회를 열어 독립운동이 살아있음을 과시하기도 한다.

이와 관련하여 마침 <한겨레>(2005년 6월 27일)에 실린 '2003학년 수능 기출문제'에 「나룻배와 행인」에 대한 문제와 함께 만해의 사진과 설명글이 실렸다.

만해 한용운이 1929년 12월 광주학생운동의 진상을 알리는 민중대회 개최를 준비하다가 서대문형무소에 수감됐을 당시 '수형기록표'에 붙어있던 사진이다. 당시 만해는 쉰 살로, 민족운동을 주도하던 장년의 모습을 보여주는 드문 사진이다.

1997년에 도서출판 산하에서 발간한 『33인의 약속』에는 3·1운동 민족 대표 33인의 소개와 재판 기록이 실려있다. 만해 스님을 소개한 부분을 옮긴다.

52세 때 <불교>라는 잡지를 인수했다. 그전까지는 권상로가 맡아오던 잡지를 인수하여 사장에 취임한 그는 불교를 널리 알리는 데 온힘을 기울였다. 특히, 고루한 전통에 안주하는 불교를 통렬히 비판했으며, 승려의 자질 향상, 기강 확립, 생활불교 등을 제창했다.

57세 때는 <조선일보>에 장편소설 『흑풍』을 연재하였고, 이듬해에는 <조선중앙일보>에 장편 『후회』를 연재했다. 이런 소설을 쓴 까닭은 원고료로 생활에 보탬을 얻기 위한 까닭도 있지만 그보다도 소설을 통해 민족운동을 전개하려는 의도가 더 큰 것으로 이해된다. 60세 때는 그가 직접 지도하던 불교 계통의 민족투쟁 비밀결사단체인 만당사건이 일어났고, 많은 후배 동지들이 검거되고 자신도 고초를 겪었다.

1939년에 만해가 회갑을 맞으면서 경남 사천군 다솔사에서 몇몇 동지들과 함께 자축연을 가졌다. 다솔사는 당시 민족독립운동을 주도하던 본거지였다.

만해는 1944년 5월 9일 성북동의 심우장에서 중풍으로 죽었다. 만해는 동지들에 의해 미아리 사설 화장장에서 다비된 뒤 망우리 공동묘지에 유골이 안치되었다. 친하던 벗으로는 이시영, 김동삼, 신채호, 정인보, 박광, 홍명희, 송월면, 최범술 등이 있었으며, 신채호의 비문은 바로 그가 쓴 것이다.

만해 한용운 스님의 얘기를 끝맺으면서 만해의 꼿꼿한 기개를 보여주는 일화를 소개한다. 이 일화는 다들 아는 얘기겠지만, 광주학생운동사건으로 만해 스님이 서대문형무소에 있을 때 아버지도 함께 계셨기에 나는 아버지께 직접 들었다. 아버지는 만해 스님이 참으로 꼿꼿하고 의젓하게 수형생활을 했노라고 늘 얘기하셨다.

"최남선이가 말이야, 지나다가 만해를 보자 반갑게 달려와 손을 내밀었는데, 만해가 그냥 꼿꼿이 지나치는 거야. 그러자 최남선이 "아니, 만해 스님! 저를 모르십니까?" 하고 말을 걸었지. 그때 만해가 "내가 아는 육당은 이미 죽었소!" 하고 대답했지."

『33인의 약속』에 실린 3 · 1운동 재판 기록을 보면, 검사가 "피고는 앞으로도 조선 독립운동을 할 것인가?"라고 묻자, 만해 스님은 "그렇다. 언제든지 그 마음을 고치지 않을 것이다. 만일 몸이 없어진다면 정신만이라도 영세토록 가지고 있을 것이다."라고 대답한다.

이렇게 검사를 호령하던 만해가 변절한 최남선과 어찌 말을 나누겠는가?

1891년 태어나 1977년 입적하신 춘성 스님을 처음 만난 것은 1960년대 후반 여름휴가 때이다. 친한 친구와 둘이 외숙모가 다니시는 망월사 부속 암자로 휴가를 갔다. 이 암자는 외숙모가 늘 기도하러 다니시는 곳인데, 비구니 두 분이 계셨다. 절에서 신세지기 싫어서 우리는 그 더위에 낑낑거리며 먹을거리는 물론이고 그릇까지 짊어지고 올라갔는데, 비구니들 눈에 나고 말았다.

그때 우리 나이가 20대였던지라 아주 팔짝팔짝 뛸 정도로 울화가 치밀어 하룻밤만 자고 내려오려다가, 무거운 짐을 끌고 올라간 것이 너무 억울해서 망월사 주지 스님인 춘성 스님께 의논했다.

"스님 저희는요. 조용한 절에서 쉬고 싶어서 옆의 암자엘 왔는데요, 쫓겨났어요."

"쫓겨난 이유가 뭔데?"

"있잖아요, 스님! 저희가 요 아래서 밥을 지어 먹고 놀다가요 두 남자를 만났는데, 아주 밝은 사람들이어서 물에 발 담그고 종일 얘길 나누다가 밤이 돼서 남자들은 내려가고 저희는 암자에 가서 잤거든요. 그런데 밤새 누가 다녀갔는지 광법 스님이란 분이 노발대발하시는 거예요. 저희들이 산을 더럽혀 놓았다면서 당장 내려가 외숙모를 만나고 싶지만 다음에 내려

춘성 스님

1891년 강원도 인제 출생.

1977년 화계사에서 세수 87세, 법랍 74세로 입적.

법명과 법호 모두 춘성이다.

13세에 백담사로 출가하여 만해에게서 수학하였다.

30세에 신흥사, 35세에 석왕사 주지를 맡아 불사(佛事)에 심혈을 기울였다.

40세에 덕숭산 수덕사에서 만공 스님 휘하에서 법사로 전법 수행했다.

60세 이후 망월사, 강화 보문사 주지 등을 역임했으며,

80세까지 망월사 조실로 있다가 81세 홀연 만행을 떠났다.

가겠다고 으름장을 놓으면서요."

춘성 스님이 대뜸 하신다는 말씀이, "미친년들, 아니 처녀 총각이 만나 노는데 왜 지랄이야? 질투가 났나 보지. 선남선녀가 놀면 산이 아름다워지지, 왜 더러워지냐구." 그때는 스님을 잘 몰랐기 때문에(외숙모님께 가끔 파격적인 스님이라는 얘기는 들었지만 이 정도이신 줄은 몰랐다) 처음에는 어리둥절했다.

"아무 걱정하지 말고, 휴가 끝나는 날까지 뒷방에서 쉬어가. 밥도 여기서 먹고."

"스님, 그럼 싸갖고 온 거는요?"

"바보들아! 제법 똑똑한 줄 알았는데…. 여기다 풀어놓고 가면 되잖아?"

이렇게 인연이 되어 만난 춘성 스님을 나는 무척 좋아했다.

춘성 스님은 강원도 인제군 원통에서 태어나 열세 살에 출가했다. 나는 누군가에게 이분이 일본 유학까지 다녀오셨다는 얘기를 들었는데 확실치는 않다.

열아홉 살에 설악산 백담사에 스승 만해 스님을 찾아갔는데, 마침 긴 가뭄 끝에 폭우가 내렸다. 그런데도 골방에서 집필에만 몰두하는 스승에게 "이 좋은 날에 방안에 처박혀 무얼 하느냐."라며 힐난하곤 옷을 몽땅 벗은 채 덩실덩실 춤을 추었다는 얘기를 내 친구인 재윤 스님(지금 경상남도 어느 절에서 주지를 하고 있는 화가 스님. 사군자를 특히 잘 쳐서 괴석과 대 그림으로 불교미전에서 특선한 작품을 내게 선물한 친구다)에게서 들었다. 그런데

<한겨레>에 춘성 스님에 대해 쓴 조연현 기자의 기사에도 이 얘기가 첫 부분에 나온다.

선지식은 물론 조선총독부조차 어찌지 못했던 스승 만해에게도 그랬을 정도니, 춘성에게는 넘지 않아야 할 선이란 없었다. 서슬 퍼런 시절 강화도 보문사로 그를 찾아온 박정희 부인 육영수에게 "입 한 번 맞추자." 했을 정도니 무슨 얘기가 필요하겠는가마는. '입 맞추자'는 얘기가 나오니까 생각나는 일화가 있다.

어느 날 미도파 백화점 앞에서 차를 타려다가 우연히 스님을 만났다. 그때 스님께서는 좌판 노점상에서 캔맥주를 사서 막 뚜껑을 따려는 참이었다. 내가 달려가 얼싸안으며, "어머, 스님! 어쩐 일이세요? 와아, 너무 반갑다!"

"야! 숨 좀 쉬어가면서 말해라."

"네, 스님. 어쩐 일로 내려오신 거예요?"

"어쩐 일은 무슨 어쩐 일? 입 맞추는 영화 보러 내려왔지. 너도 같이 갈래?"

"스님, 전 약속 있어요."

"그럼 그 나이에 약속 있으니까 나왔겠지, 빨리 가봐라!"

전북 완주의 수봉산 요덕사 법당에 춘성 스님의 영정을 모셔놓고 정진하는 선승 대선 스님도 그 욕지거리로 춘성 스님과 연을 맺었다고 한다. 이 스님이 1960년 어느 날 밤 망월사로 춘성 스님을 찾아가자 "개 좆 같은 놈"이라며 그를 맞았단다. 그런데 나는 불자도 아니고 행자도 아니라 그런지 스님께 직접 욕먹은 기억은 없다. 대선 스님이 그날부터 꼬박 망월사에서 10년 동안 춘성 스님 아래서 수행했다고 하니, 바로 내가 망월사에 드나들던 때인 거다.

춘성 스님에 대한 기사를 쓰기 위해 빗길 5백여 리를 달려간 조연현 기자의 정성에 감격해 대선 스님이 40년간 묻어둔 이야기보따리를 풀었다는데, 나도 이 기사 때문에 거의 40여년 전 얘기를 여기에 풀어놓고 있다.

젊은 시절 서울 대각사(이 절은 1994년 이른 봄에 김남주 시인의 사십구재를 올린 곳이다)에서 당대의 선지식이던 용성 선사의 문하에서 10년간 정진했던 춘성은 쉰 살이 되어 뒤늦게 충남 예산 덕숭산 정혜사에서 만공 선사(만해 한용운의 스승이기도 하다)를 만나 크게 발심했다.

춘성에겐 잘 꾸민 말도, 승복도 한낱 겉치장에 불과했다. 춘성은 절에서도 승복을 입지 않을 때가 많았다. 내가 스님을 절에서 만났을 때에도 항상 바지는 승복 바지를 입었지만, 윗도리는 늘 러닝샤쓰였다. 신자들이 사준 고가의 양복을 입고 중절모를 쓴 채 서울 시내에서 지인에게 맥주 한 잔 얻어 드시는 것은 본 적이 없지만, 앞에서 말했듯 승복 입고 맥주 사 드시는 모습은 두 번이나 보았다. 길거리의 걸인에게 옷을 벗어주고 팬티 차림으로 공중 화장실에 숨어있다가 한밤에 절로 돌아오는 파격적인 짓을 누가 감히 할 수 있을까? 이것도 오로지 그분의 화엄이다.

이 글을 쓰다가 예전에 망월사에서 사진을 찍은 게 기억나 앨범을 뒤지니 사진이 나왔는데 뒷면에 이렇게 써있다.

"1966년 9월 18일 망월사. 얼마 전에 헐고 새로 지었는데 절 같지 않고 꼭 여관방 같죠? 이 절에 주지 스님이 기가 막히게 좋답니다. 내가 참 좋아했죠."

이 글을 읽으니까 그때 생각이 나는데, 나는 예전 법당이 초라하다는 생각을 안 했기에 새로 짓는 게 마음에 안 들었다. 그래선지 그 다음부터 스님과의 관계가 멀어졌다.

조연현 기자가 망월사에 찾아갔지만 춘성 스님이 열반한 지 30년이 다 되어 망월사에는 그와 인연 있는 스님이 없는지라 솔바람에 더위를 식힌 것에 자족하고 하산하려는데, 뜻하지 않게도 '춘성의 인연'이 나타났다. 1960년대 초 열여섯 살부터 3년간 이곳에서 일하며 춘성 스님의 일거수 일투족을 지켜본 산증인인 석공 정인훈 씨를 만난 것이다. 정인훈 씨는 한 시간이 넘게 뜨거운 한낮의 해와 함께 산길을 걸어온 기자에게 내린 춘성 스님의 하사품이 아니었을까?

춘성 스님은 돈을 저축하거나 서랍에 넣어두는 법이 없었다. 돈이 생기면 필요한 사람에게 손에 잡히는 대로 줘버리고, 없으면 없는 대로 살았다. 우리는 며칠씩 공짜로 먹고 자기 미안해서 무거운 쌀을 짊어지고 갔는데도 죄송해서 기와값이라도 좀 내려고 할 때마다 "나 돈 많아. 좀 줄까?" 하시면서 못 내놓게 하셨다.

춘성 스님께서는 가리시는 것도 없었다.

"스님! 복숭아도 드시고, 오징어도 드세요?"

"없어서 못 먹는 사람이 얼마나 많은데, 사람이 먹는 건 다 먹어야 돼!"

〈한겨레〉에 실린 기사에 춘성 스님의 욕지거리에 대한 일화가 있기에 옮겨본다.

법당을 지을 때 쓸 참나무를 포대능선 위에서 베었기 때문에 산림법 위반으로 춘성을 파출소로 끌고 간 경찰이 인적사항을 물었다.

"주소가 어디요?"

"어머니 보지요."

"뭐라고요? 본적이 어디요?"

"아버지 좆물이요."

어처구니없어하던 경찰은 그를 내보냈다. 춘성의 욕법문(춘성 스님은 불교계에서 욕법문의 대가로 이름나 있다)에 견문이 툭 터진 한 노보살 (절에선 여성 불자를 보살로 일컬음)이 시집갈 때가 됐는데도 소견머리 가 좁아터진 손녀딸을 일부러 춘성에게 보냈다. 처녀가 방에 들어와 앉자 춘성은 "네 작은 그것에 어찌 내 큰 것이 들어가겠느냐?" 했다. 이 말을 지레짐작해 얼굴이 홍당무가 된 처녀는 방을 뛰쳐나와 할머 니를 원망했다. 그러자 노보살은 "그러면 그렇지. 바늘구멍도 못 들어

갈 네 소견머리에 어찌 바다 같은 큰스님의 법문이 들어가겠느냐."라
며 혀를 찼다고 한다.

이 일화와 비슷한 얘기를 알고 있어 그 얘기로 끝을 맺을까 한다.

춘성 스님이 양복에 중절모를 쓰시고 기차여행을 하시는데 공교롭게도 앞자리에 목사가 마주 앉았다. 목사가 옆사람에게 설교를 늘어놓다가 듣는 사람이 불교 신자여서 시큰둥해하자 불교를 욕하기 시작했다.

"중놈들은 깊은 산속에 들어앉아서 애꿎은 밥만 축내는 놈들이다."

할 소리 안 할 소리 다 지껄이는 꼬락서니를 지켜보던 춘성 스님이, 주섬주섬 내릴 준비를 하는 목사에게 물었다.

"거어, 목사님 나이가 어떻게 되시오?"

"전쟁통에 태어났습니다. 그건 왜 묻습니까?"

"내가 도봉산 망월사의 주지승인데, 전쟁 때 피난 내려가다가 여자를 하나 건드렸는데, 네가 바로 내 아들이로구나!"

시인 이행자가 만난

야수들와
단령호

이수호

1949년 출생.

영남대학교와 고려대학교 교육대학원을 졸업했다.

1989년 전국교직원노동조합 사무처장을 지내며

전교조 결성을 주도하다가 학교에서 해직당했다.

1998년에 복직한 뒤 2001년 전교조 위원장을 역임했다.

2004년에 전국민주노동조합총연맹 위원장에 당선되어 활동하다가

2005년에 사퇴했다.

손! 선생님의 손!

막강한 적을 향해

하늘을 탕탕 두드리며

구호를 외쳐대는 저 손!

"폭력정권 살인정권

노태우정권 타도하자!"

"조국통일 가로막는

미국놈들 몰아내자!"

막강한 적을 향해

땅을 탕탕 구르며

구호를 외쳐대는 저 손!

"해체 민자당

타도 노태우!"

반백년 끊어져

피흘리는 이땅에서

온백년 무릎꿇고

매만 맞는 이땅에서

15년동안 백묵을 잡고

나랏말을 가르치던

새하얀 선생님의 손이

햇볕에 그을려

적들에 그을려

전사의 손이 되어

시퍼런 하늘을 찌른다.

내가 이수호(전 민주노총 위원장) 선생에게 바친 첫 시로『들꽃 향기 같은 사람들』에 실려있다. 2005년 6월 21일자 <한겨레> 사회면에 실린 이수호 선생 사진을 보니 1991년 5월 투쟁이 떠올랐다. 참으로 지긋지긋한 세상이다. 도대체 누가 이 선량한 사람 눈에 서른 해가 넘도록 슬픔 맺히게 하는가? '단결 투쟁'의 붉은 띠 묶고, 한국노총과 민주노총 위원장이 한자리에 앉아있는 것만으로 우리는 위로를 받아야 하는 것인가?

이수호 선생이 1991년 9월 18일 청계산 기슭 서울구치소에 투옥되어 재판을 받고 1993년 3월 출소할 때까지 그와 나는 '늙은 아우'와 '젊은 누이'로 편지를 주고받았다. 그는 진주교도소에서 마지막으로 보낸 편지에, 가족을 제외하고 자신에게 편지를 보낸 사람 중에서 편지 수로는 내가 당당히 장원을 했다는 기쁜 소식을 알려드린다고 썼다. 그때까지 나는 이 선생에게 모두 50통의 편지를 보냈다.

1992년 3월 7일 성균관대학교 앞 '작은 세상'이라는 호프집에서 유가협 어버이들에게 필요한 봉고차를 마련하려고 하루주점을 열었는데 생각처럼 많은 돈을 모으질 못했다. 발바닥에 못 심어가며 열심히 티켓을 팔았지만 125만 원이 내가 판 전부였다.

'유가협후원회(전국민주화운동유가족협의회 어버이들과 마음을 함께하던 모임)' 운영위원회에서 봉고차 구입에 관해 진지하게 토의했지만, 새 차 구입은 돈이 너무 많이 들고 월부로 하자니 매달 불입금을 내기가 어려워 중고차를 사기로 했는데 그 가격도 자그마치 550만 원이었다.

그러나 우리 수중에 있는 돈은 4백만 원이었다. 그래서 나는 10년이 넘도록 알뜰살뜰 모았던 귀한 책들을 팔았다. 문고 만든다고 해서 칠팔 백 권씩 누군가에게 줄 때는 기분이 참 좋았는데, 아무리 좋은 일에 쓴다고 해도 책을 팔 때의 기분은 참 안 좋았다.

이렇게 힘들 때, 옥중에 있는 이수호 선생이 부인을 통해 내게 1백만 원짜리 보증수표를 보내왔다. 재판이 끝난 법정 복도에서 봉투를 받아 집에 와서 "일 십 백 천…." 하면서 동그라미를 세어보고는 너무 놀라 얼른 부인에게 전화했다. 혹시 잘못 준 게 아니냐고…. 밖에서 일하는 사람도 아니고 감옥살이하는 사람이 그런 거금을 보내주니 고맙기보다 송구스러워서 어쩔 줄 몰랐다.

하루주점을 할 때 어떤 사람은 3만 원어치 표 팔아주면서 영수증까지 써달라고 하고, 어떤 사람은 시작하기도 전에 첫 손님으로 와서는 새우깡과 참치캔 등 안주를 사와 맥주만 마시고 가는 둥 염치 없는 사람도 많은데 말이다.

이렇게 해서 모은 돈이 4백만 원에서 5백만 원이 되었고 거기에 내가 책을 판 돈 50만 원을 보탰다. 그런데 이철(성북구) 국회의원 사무실에서 표값 10만 원을 끝까지 못 받는 바람에 봉고차 사는 데 내 돈이 자그마치 60만 원이나 들어갔다. 지금 같으면 60만 원이 큰돈이 아니지만 그때 내게는 큰돈이었다.

책임지겠다고 큰소리치던 사람들은 전혀 책임을 안 지고, 못하겠다고 했던 나는 그래도 유가협후원회 부회장이라는 직책 때문에 끝까지 책임져야 했다. 하루주점을 끝내고 나니 빚만 잔뜩 남아 그해 11월 5일 내 생일에 들어온 금일봉(나는 생일 선물을 주로 돈으로 받는다. 지금도)으로 빚 청산을 했다.

하루주점 하는 날 이소선 어머님을 비롯하여 어르신들이 어찌나 좋아하시던지 그동안의 피로가 말끔히 가실 정도였다. 늘 추모제에나 다니시던 분들이 당신들을 위해 우리가 잔치를 벌여놓으니, 장소가 좁아 종일 제대로 앉지도 못하고 서성거리면서도 많이 좋아하셨다. 그렇지만 이수호 선생도 그렇고, 우리도 그렇고 가슴이 아팠다. 그렇게 열심히 수많은 사람들의 마음을 모았는데도 새 차를 사지 못해서….

1991년 9월 18일 서울구치소에서 그가 보낸 첫 편지 전문을 여기에 옮겨본다. 우리의 만남에서부터 그때의 모든 상황이 잘 기록되어있는 편지이기에….

행자 누님

나이가 쉰이라니요, 그런 거짓말에 속을 사람 아무도 없습니다.

제가 쇠창살 안에 있다고 적당히 말씀하시는 것 같은데 이곳에서도 볼 것은 다 보고 알 것은 다 알고 있습니다.

누님의 생리적인 나이(사실 그것을 누가 확인합니까?)는 쉰이신지 모르지만 제가 정확히 판단하기는 생김새는 30대, 시는 20대, 마음은 10대입니다. 누님은 아직도 그렇게 젊고 아름답습니다.

그것이 언제였지요? 그날도 날은 이미 저물었고 암울의 먹빛 커튼이 명동 일대를 내리덮고 있었죠. 그 명동성당으로 오르는 돌바닥 길에서, 그날 저녁도 우리는 '하늘을 향해 땅을 향해' 우리의 팔들을 뻗고 있었죠. 저는 그 자리에서 무슨 말인가를 한마디 하고, 농성장으로 돌아가고 있었습니다.

누님이 뼈저리게 느낀 군중 속의 고독, 수많은 동지들 사이에서 오히려 외로움에 싸여 무거운 발걸음을 내딛고 있었죠. 그때였던가요? 느닷없이 제 이름을 부르며 책 봉투를 내민 것이, 그때까지도 저는 사실은 누가 누구인지도 몰랐습니다. 박승희라는 말과 유가협 어쩌고 하는 말만 들렸을 뿐이었으니까요.

문화관에 돌아와 그 봉투를 열고 거기에 있는 책 두 권과 두 편의 시, 그리고 편지를 읽는 동안 나는 비로소 따뜻한 손길을 느낄 수 있었습니다. 고독한 전사를 위로하는 크고도 따뜻한 손, 바로 가장 큰 힘, 사랑이었습니다.

누구나 생각을 가지기는 쉽고 또 그것을 말로 하는 것도 별로 어렵지 않습니다. 그러나 그것을 구체적으로 행동한다는 것은 얼마나 큰 용기이며 또 힘든 일입니까? 그러니까 그것은 언제나 가치 있고 아름다운 것이지요. 그날 밤 나는 그 귀한 마음으로 단식의 피로도, 농성이 내리누르던 엄청난 무게의 부담도 쉽게 이길 수 있었지요.

지난 9월 13일(1991년) 첫 재판이 있었습니다. 부담 가지지 않고 가벼운 마음으로 임한다 하면서도 몹시 긴장했습니다. 우리의 귀한 뜻과 뜨거웠던 행위가 재판정에 서있다는 생각과 강경대를 비롯한 수많은

74

꽃다운 죽음들이 구천에서 내려다보고 있다는 생각에 어깨가 너무나 무거웠던 것 같습니다. 또한 너무나 초라하고 부족한 저의 모습이 방청석을 가득 메운 가족들과 동지들에게 부끄러웠던 것이지요. 그러나 언제나 최선을 다하려는 노력, 그것이 나의 몫이라 생각하고 겸손하게 역사의 법정에 서겠습니다.

시집을 받아 반갑게 읽으며 우리 시대에 아주 드문 참시인 한 분을 만나는 기쁨을 만끽했습니다. 시를 쓰는 사람은 많으나 참시인이 드문 세상에 누님은 너무나 아름답고 귀한 분입니다. 시를 붓장난이 아닌 몸으로 쓰는 사람, 기교가 아닌 진실로 쓰는 사람, 언어도 모자라 온몸으로 시를 쓰는 사람, 그것이 바로 행자 씨, 당신, 우리의 누님입니다. 시 한 편 한 편이 이야기요, 눈물이요, 마음이요, 피요, 그리고 사랑입니다. 그러한 시들 속에서 발견되는 누님의 뜨거운 시의 삶, 그것이 바로 누님을 늙지 않게 하는 힘, 바로 그것입니다.

온통 그리움과 염려, 사랑으로 가득한 언어들은 바로 누님의 인간에 대한 근본적인 신뢰, 기대였으며 그것은 우리 모두의 희망임을 믿는 용기였습니다. 몇 분의 발문이 오히려 잘된 뱀의 그림에 발을 그리는 꼴이 되었습니다만, 그것 또한 그 글을 쓰는 입장에서는 영광이요 아름다움이죠.

제목 그대로 누가 보아주든지 말든지가 문제가 아니고 그냥 그렇게 피어 자기 몫의 모양과 향기를 피워내고 있는 한 송이 들꽃, 지나는 외

로운 길손이 있어 그 한 가지를 꺾어 냄새를 맡거나 가슴에 꽂는다한
들 그것이 문제가 되지는 않을 것입니다. 들꽃이 그것을 위해 피는 것
은 아니니까요.

출판사 이름도, 가격도 없는 들꽃 같은 소박한, 온통 뜨거움과 향기로
가득한 시집 한 권을 받아보는 기쁨은 철창 안의 수인마저 그 영혼을
해방시키는 힘을 발휘합니다. 이곳에 정말 그 시집을 읽어야 할 더 힘
들고 어려운 이웃이 있어 돌려보고 있습니다.

우리 집사람 무던하고 몸과 마음 두루 건강한 사람입니다. 바깥 징역
이 오히려 곱징역이라는데 힘이 들 것입니다. 가끔 대화나 해서 동생
처럼 위로해주십시오.

누님, 우리는 이렇게 매일 이기고 있습니다. 우울해하거나 기죽지 마
십시오. 역사와 민중이 패배해본 일이 없으니까요. 또 뵙겠습니다. 건
강이 걱정됩니다.

1991. 9. 18. 청계산에서

이수호 드림

늦봄 문익환 목사님, 청정 김진균 선생님과 이수호 선생은 분위기가 많
이 비슷하다. 그래서 그런지 몰라도 늦봄도 청정도 이수호 선생을 많이 좋
아하셨다. 늦봄께서는 나를 만날 때마다 이수호 선생을 칭찬하셨다.

"꾸러기야! 이수호 동지는 말이야, 나이는 나보다 많이 어리지만 속이

깊고 넓은 사람이라 내가 발끝도 못 쫓아갈 정도야."

"목사님 지나친 겸손은 자만이에요."

"아니야 내 말이 맞아! 나보다 오래 살아서 꼭 큰일 할 사람이야."

늦봄께서도 선견지명이 있으셨고, 김진균 선생님도 사람 보는 안목이 대단하셨다는 생각이 든다.

2004년 2월 14일 내게 하늘이었던 김진균 선생님의 빈소를 찾았을 때 이미 그가 와있었다. 내가 도착했을 때 아는 사람이라곤 그가 유일했기에 앞에 앉아있어 주는 것만으로도 얼마나 위로가 되었는지 모른다.

1994년 2월 13일 췌장암으로 온갖 고생 다하고 떠난 김남주 시인 문상 때도 영안실에서 이수호 선생을 만났다. 2월 14일 밤으로 기억되는데, 집으로 돌아가는 나를 그가 아파트 현관까지 바래다주었다. 그 너른 품으로 안아주면서 헤어질 때 하던 말이 지금도 생생하다.

"누님! 앞으로 제가 누님을 안 챙겨도 용서해주세요. 마음이 없어서 그러는 게 아니니까요."

지금 나는 <전국노동자신문>(제28호, 1991년 1월 24일 발행) 1면에 실린 대문짝만 한 활자들을 읽고 있다.

전노협 2년차 힘찬 출발
정기대의원대회 성황 속에 마쳐

단병호

1949년 출생.

동지상업고등학교를 졸업했다.

1987년 동아건설 창동공장노조 초대 위원장을 지내고

전국노동조합 대표회의 공동대표를 역임했다.

1996년에 4 · 19혁명상을 수상했고

1999년부터 2001년까지 민주노총 3, 4대 위원장을 지냈다.

현재는 제 17대 민주노동당 국회의원이다.

내가 단병호 의원(현재 민주노동당 국회의원)을 처음 만난 것은 김진균 선생님을 통해서다. 날짜는 정확하지 않은데 김진균 선생님과 모처럼 둘이서 한잔하기로 해서 서울대학교 사회학과 선생님 연구실에 찾아가 얘기를 나누고 있는데 전화가 왔다.

"함께 가야겠는데요."

"어딜요?"

"키다리아저씨가 왔대요."

나는 듣기 싫은 별명만 아니면 별명으로 부르는 걸 좋아하는지라, 단병호 의원에게 '키다리아저씨'라는 별명을 붙여주었는데 선생님도 그렇게 부르셨다.

김세균 교수(김진균 교수 동생으로 현재 서울대학교 정치학과 교수)의 전화였는데 자기 방에 키다리아저씨가 와있으니까 함께 저녁식사를 하면 어떻겠느냐는 거였다. 선생님은 물론 반가워하셨고 나도 반갑지 않을 리 없었다. 당시 단병호 의원은 숨어다니고 있었다.

단병호 의원과 이수호 선생은 둘 다 마음이 넓고 깊은 사람이지만 풍기는 분위기는 확연히 다르다. 육체노동으로 뼈가 굵은 사람과 정신노동을 하는 사람의 차이일지도 모른다.

단병호 의원은 그후에도 본 적이 있는데, 지금은 이화여자대학교 총장

인 신인령 교수 등과 함께 교보문고 옆에 있는 오래된 빈대떡집인 '열차집'
에 갔다가 부인과 함께 만났다. 2004년 5월 백기완 선생님 막내딸 결혼식
장에서 만났을 때는 김진균 선생님을 잃고 꾸린 시집 『은빛 인연』을 드렸다.
「단병호 위원장 재선」이란 기사가 대문짝 만하게 실린 신문에 내가 쓴
전노협(전국노동조합협의회의 줄임말로 현재 민주노동당의 모태가 된 모임인
동시에 민주노총의 뿌리) 1주년 축시가 같이 실린 걸 보면 그와 나도 인연이
각별하다. 민주노동당과 단병호 의원의 건투를 빌면서 '전노협 1주년 축
시'를 여기에 싣는다.

전 · 노 · 협! 그 거대한 불꽃 송이여!

일천 구백 구십년
일월 이십 이일!

삼천리 금수강산의
지축을 울리며

하늘을 찌르는
거대한 불꽃
한 송이

피었습니다

꺼지지 않는
노동해방의 불길로
치솟아 올랐습니다

일천 구백 칠십년
십일월 십삼일!

청계천 평화시장
한구석에
우리 님이 뿌리신
소신공양의 불씨들이
들불 되어
온갖 칼바람
다 이겨내고
덩어리로 모여 모여
피워 올린
한 송이의
거대한 불 · 꽃!

전 · 노 · 협이여!

지금도
당신의 뜻 따르려고
얼음꽃 피는 독방에서
이를 딱딱 부딪혀가면서도
내일을 위해
구메밥을 씹어 삼키는
우리의 동지들이 있기에

이 모진 겨울
가족들과 헤어져
끼니도 걸러가며
인간 사냥꾼들의 눈을 피해
시린등 꾸부리고
잠자리를 찾아
밤거리를 헤매이는
우리의 형제들이 있기에……

당신의 정신 이어받아

스무해 만에 이루어놓은

한 송이 꽃

전 · 노 · 협은

절대로

시들지도 않고

꺼지지도 않고

노동해방의 그날까지

조국통일의 그날까지

활활 타 오르고 있을 것입니다.

시인 이행자가 만난

박현채와
김동완

박현채

1934년 전남 화순 출생.

1995년 8월 지병인 고혈압으로 작고.

1950년 10월부터 1952년 8월까지 빨치산이었다.

서울대학교 상과대학 및 동 대학원 경제학과를 졸업하였으며

1965년 '인혁당 사건'으로 옥고를 치렀다.

1990년 조선대학교 경제학과 교수로 재직하였다.

지은 책으로는 『청년을 위한 한국현대사』, 『한국경제론』,

『민족경제와 민중운동』 등이 있다.

고(故) 박현채 선생님을 그리며

선생님!

누가 당신을 이리 빨리 부르던가요?

등뒤에 당신을 두고 국립재활원

마당을 걸어나올 때마다

인수봉 산신령님께

그렇게 많은 눈물로 빌었건만

……

다시 쓰러지신 후

단 한마디도 못하고 떠나셨습니다.

꼬박 삼십 년

학계의 야인으로 지내다가

조선대 경제학과 교수로 뜻을 펼친 지

겨우 반십 년도 못 되어 떠나시다니!

억울하지도 않으십니까?

……

제가 '그해 오월' 얘기를 꺼내기만 하면

"야! 이쌔꺄!

우리 친구들은 그보다 더 많이

얼어죽고 굶어죽고

총맞아 죽었는디……"

동지들이 반가이 맞아주던가요?

1950년 10월부터

1952년 8월까지

함께 지내던 동지들도 함께 계신가요.

그 잘하시던 욕,

실컷 하시며 회포를 푸셨나요?

당신이

어떻게 보듬고 살아온 조국이고 민족인데……

통일도 안 보고 가신단 말입니까?

중국에 다녀오셔서 제게 하신 말씀

기억하시는지요?

"야아!

모 주석은 죽어서도

조국에 복무하고 있더라."

선생님!

따뜻한 마음으로 사물을 노래하면서도

감성에 매몰되지 않고

참길을 계시할 줄 아는 시인이 되라고 하신 말씀

두고두고 잊지 않을 것입니다.

저는 당신이 『민족경제론』이나 『한국경제구조론』 등에 쓰신

학문에 관한 얘기는 감히 할 수도 없지만

하기도 싫습니다.

그저 당신이 제게 베풀어주신

따스한 마음만을 기리고 싶습니다.

저희 아버지 돌아가시고 나서도

제일 먼저 불러내어 위로해주셨고

90년 11월 8일, 제3회 전태일문학상을 받던

연대 장기원 기념관에

꽃다발까지 들고 와주신 분이

바로 당신이십니다.

제 생일에도 '맘마미아'에

맥주와 안주를 시켜놓고 가신 분도

당신이십니다.

선생님을 존경하고 따르면서

어리광도 참 많이 부리고

만날 차비 조금 준다고

투정을 부리던 날들이 엊그제 같은데

……

가슴이 터질 듯 답답해

제 손을 끌어다가 마구 치시는 모습이 안타까워

갈 때마다 앙상한 손을 붙잡고

하루라도 빨리 질긴 목숨줄 놓아 버리시라고……

빌고 또 빈 저를

용서해주십시오.

선생님!

당신이 사랑하시던 모든 이들에게

힘이 되어 주시고

참 평등세상 빌어 주십시오!

우리 모두의 귀감인 님이시여!

"당신의 삶은

성공한 삶입니다."

1989년 7월 30일, 지리산 백무동 계곡에서
옛 빨치산 전사와 함께.

내가 만나 인연을 맺은 사람
들은 거의 다 '바른생활 지식
인'인데, '암흑가의 대부'가 어
울릴 것 같은 사람이 딱 두 사
람 있다. 그중 한 분이 박현채 선생님이다.

'선생님! 오늘 <한겨레>에 실린 선생님 사진과 기사를 보며 깜짝 놀랐대
나요. 세상에! 선생님은 귀신이다, 귀신! 어떻게 아셨을까? 이번 책에서는
당신 얘기를 안 쓰려고 한 사실을⋯.'

2005년 7월 15일자 <한겨레>에 「세계화에 결딴난 민중 박현채, 그를
다시 부른다」라는 기사가 실렸다. 기사에는 '박현채 추모전집 · 문집 간행
위원회'에서 제공했다는 사진이 크게 실렸는데 그 아래에 "박현채는 지리
산을 즐겨 올랐다. 그를 모델 삼아 '소년 빨치산'을 『태백산맥』에서 묘사했
던 작가 조정래는 지리산 등반의 단짝이었다. 사진은 1980년대 중반 무렵
지리산의 어느 능선에 오른 모습."이라고 적혀있다.

1989년 7월 30일, 지리산에 갔을 때 선생님은 몸이 안 좋으셔서 산에는
못 오르셨다. 선생님이 빨치산으로 누비고 다니시던 지리산 백무동 계곡
에서 둘이서 종일토록 물에 발 담그고 얘기를 나누었다. 그때의 사진은 지

금도 내게 소중한 추억이다.

선생님! 8월 17일이면 당신이 떠나신 지 벌써 10년이 됩니다. 유일하게 제게 욕하시던 선생님이 안 계시니까 이젠 욕해줄 사람이 없대나요.

선생님, 생각나시는지요. 리영희 선생님이 1989년 서울구치소에 계실 때 선생님께서 리 선생님 소식이 궁금하시다며 편지를 가져와 보라고 하셨잖아요. 그래서 편지를 갖다드렸더니 다 읽으시고 선생님이 뭐라고 말씀하셨는지 기억나세요?

"야아, 쌔꺄. 무슨 할 말이 이렇게 많다냐? 나는 편지 쓸 때 '잘 있냐?', '잘 있다' 하면 더는 쓸 말이 없든디."

"그러면서 무슨 시나 소설이 쓰고 싶다고 그러세요?"

"쌔꺄! 편지랑 시나 소설이 어디 똑같냐?"

선생님의 욕이 몹시도 듣고 싶은 요즘입니다.

선생님! 1994년 11월 3일이 선생님의 회갑날이었지요. 오전 내 눈물을 비 오듯 쏟고는 오후에 작은 화분 하나 들고 선생님이 입원해계신 국립재활원에 갔지요. 당신이 병상에서 회갑을 맞을 거라고 누가 상상이나 했을까요?

1960년대 이후 우리나라 사회운동의 대부라고 해도 될 만큼 왕성하게 활동하시는 중에도, 당신은 아침 일찍 일어나 화단을 가꾸시고 시까지 챙겨서 읽으셨지요? 제게 이산하의 장시 「한라산」 사건을 얘기해주시곤 "쌔꺄! 너는 시인이라는 게 아직도 「한라산」 사건을 모르냐? 시를 얼마나 잘 썼는지 몰라야!" 하고 구박도 하셨잖아요.

"요즘 젊은이들 중에 박현채를 아는 사람이 얼마나 되겠나." (박승옥 박현채 추모전집 · 문집 간행위원회 간사)

"진보적 사회과학자라면 여전한 그의 영향, 정신의 뿌리를 느끼지 않을 수 없다." (박순성 동국대 교수)

광복 60주년인 올(2005년) 8월이면 정부와 민간 차원의 각종 행사가 줄줄이 열린다. 그 덕에 박현채의 10주기는 그냥 묻혀 지나갈 게 분명해 보인다. 10주기에 맞춰 열리는 추모 행사는 아직 뚜렷하게 예정된게 없다. 이병천 강원대 교수는 "한국사회 전체에 크게 기여한 박 선생이지만 딱히 소속된 단체나 조직이 분명치 않아 이런 상황이 빚어지는 것 같다."고 말했다.

그런 점에서 산업사회연구회 및 서울대 사회학과를 기반으로 했었던 김진균 교수의 후학들이 고인을 추모하고 기념하는 것과도 대비된다. 박현채의 삶 자체가 특정 학문 집단에 둥지를 트는 것과는 애초에 거리가 멀었다. 1934년 11월 3일 전남 화순에서 태어난 그는 열여섯 살의 나이에 빨치산으로 입산했다. 총상을 입고 하산한 뒤 공무원인 아버지의 구명운동으로 목숨을 건진 그는 이후 전주고를 거쳐 1955년 서울대 경제학과에 입학했다. 그러나 1964년 박정희 정권이 조작한 인혁당 사건(이른바 1차 인혁당 사건)에 연루돼 1년간 복역했다. 그에게는 그럴듯한 학위 하나 없다.

1979년과 1980년에도 두 차례 복역과 구금을 당하는 등 생의 대부분을 '재야 학자'로 보냈다. 1988년 이돈명 변호사가 조선대 총장이 된 뒤에야 이 대학 경제학과에 교수로 부임했다. 그가 병으로 쓰러진 것이 1993년이다. 강단에 서있었던 시간은 5년도 되지 않는다.

박현채 선생님 전집 얘기가 나오니까 김진균 선생님 얘기를 빼놓을 수 없다. 선생님은 암 투병 중에도 박 선생님 전집 만드는 데 당신이 좀 나서야 하지 않을까 하고 늘 염려하고 속상해하셨다. 홍익대학교 경제학과 정윤형 교수가 그렇게 선생님 뒤를 쫓아가다시피 일찍 가시지만 않았어도 좋았을 텐데…. 강원대학교 이병천 교수의 말처럼 "한국사회 전체에 크게 기여한 분이지만 딱히 소속된 단체나 조직이 분명치 않아" 김진균 선생님이 안타까워하신 거다.

김진균 선생님이 항암치료를 받으시던 어느 날 내게 부탁을 하셨다.

"언제 한번 박현채 선생 사모님과 나를 좀 만나게 해주세요."

'당신이 지금 누굴 챙기실 때가 아닌데…. 당신이 피를 말리는 암 투병 환자라는 걸 잊으셨나? 참으로 걱정되네, 몇 번씩 얘길 하시는데 안 들어드릴 수도 없고….'

선생님은 내가 박현채 선생님 사모님과 친하게 지냈던 걸 아셨기 때문에 내게 부탁하신 거다. 사모님이 과천 댁에서 일부러 나오기는 힘드시니까, 서울대병원에서 항암치료 받으시는 날 만났으면 좋겠다고 하셨다. 그래서 8월 말쯤 인사동에 있는 식당에서 김진균 선생님과 사모님을 만나기로 약속하기는 했는데, 나는 도저히 그 장소에 나갈 수가 없었다. 아예 서울을 떠나 전남 해남군 일지암에서 김진균 선생님께 전화를 드렸는데 사모님이 받으셨다. 죄송하지만 일이 생겨서 못 나간다고 사모님께 말씀드렸더니 역정을 내셨다.

"이 선생님! 아실 만한 분이 왜 그러세요? 지금 우리 '김 선생'이 '박 선생' 일로 신경 쓸 여력이 없는 분이잖아요?"

참으로 가슴이 답답했다. 그렇다고 사모님께 자초지종을 다 설명할 수도 없고….

"제 민족과 가난한 자에 대한 충만한 사랑에 복종하는 도덕성. 이론의 명령을 그대로 실천에 옮기는 지적 도덕성. 이런 도덕성을 삶 전체에 일관되게 견지하는 더 큰 도덕성. 이것이 박현채 삶의 본질이며 영향력의 실체"라고 김균 고려대 교수는 말했다.
'민족경제론'은 그가 가난한 자를 사랑하는 방식이었다. 이에 대한 학계의 평가는 대체로 일치한다. "해방 이전부터 1960~1970년대까지 면면히 이어져오던 민족주의적 · 민중적 관점을 총괄한 경제이론"(류동민 충남대 교수), "남북한 경제학계에서 유일하게 통일 지향의 민족경제문제를 체계적으로 다룬 가치있는 이론"(박영호 한신대 교수) 등이 그것이다. (…)

한국 경제학의 흐름에서 박현채와 같이 독보적인 방법론을 구축한 경우는 드물다. 물경 30년 동안 그는 한국 사회과학의 토양이자 한 봉우리였다. (…)

사실 박현채의 영향력은 지난 10여년 동안에도 사라진 적이 없었다. (…)

진지함이 오히려 조롱받는 시대, 모두 대중문화와 매스미디어로 달려가는 시대, 그뒤에서 신자유주의가 유일한 권위로 군림하는 이 시대에 한국사회가 읽어야 할 진정한 '고전'의 한 갈래에 마르크스도 케인스도 아닌 박현채가 자리잡긴 어려운 일일까. 그를 잊고 있었던 지난 10년 동안 어쩌면 우리 모두 제자리걸음만 하고 있었던 건 아닐까. 그래서 8월을 거쳐 11월이 올 때까지 '박현채 다시 읽기' 운동이라도 펼치는 건 어떤가.

선생님, 박현채 선생님! 지금 저 욕하고 계시죠?

"요 쌔끼가 말야. 이제 허리 때문에 더는 산문 못 쓴다는 쌔끼가 나를 빼놓으려고 해? 야, 쌔꺄! 의리 빼놓으면 쓰러진다는 쌔끼가 왜 고 모양이냐? 그래도 나는 네가 1989년 여름에 목도 열심히 주물러주고 청심환도 챙겨주고 그날 백무동 계곡에서 종일 재미있게 내 얘길 들어줘서 기특하게 생각하고 있는데…. 쌔꺄, 그러면 쓰간디?"

선생님, 저는 여름만 되면 생각나는 일이 하나 있는데요. 예전에 춘천에

중국 비행기가 불시착한 적이 있었잖아요. 그때 선생님이 하신 말씀 기억 나시죠?

"야, 쎄꺄! 즈그 나라 뽈갱이는 못 잡아먹어 지랄하는 것들이 남의 나라 뽈갱이에게는 왜 저렇게 칙사 대접을 하고 자빠졌다냐?"

박현채 선생님과 함께 '암흑가의 대부'로 잘 어울릴 것 같은 사람이 김동완 목사이다. 김동완 목사는 종로 5가 한국기독교교회협의회(KNCC) 총무로 잔뼈가 굵은 사람이다. 1970년 전태일 열사부터 시작해서 1988년 12월 유가협 어버이들의 농성이 1백일 넘게 계속되었을 때, 또 1991년 강경대 타살 사건 때, 언제나 그는 현장을 지켰다.

1992년 강경대 1주기 때 명지대학교 앞에서 유가협 어버이들과 함께 저녁을 먹고 2차를 하면서 김동완 목사와 처음으로 인사를 하고 얘기를 나눴다. 목사치고는 사람이 탁 트였다 싶어 함께 맥주를 더 마시고 우리집 앞까지 와서 벤치에 앉아 많은 얘기를 나눠 기분이 좋았다. 그런데 그뒤 어느 날 리영희 선생님을 만났더니 "이행자 시인께서는 요즈음 많이 바쁘시더군. 새벽이슬까지 맞으시고." 하시는 게 아닌가.

"와아, 세상에! 벌써 소문이 거기까지 갔어요? 누군지 참 입도 싸네!"

마침 평생 친구하려던 사람이 세상을 떠난 직후인지라 첫인상이 좋은 사람과 더 만나야겠다고 생각했는데 그 얘길 듣자 아주 덧정이 떨어져버렸다.

창신동 '한울삶(유가협 어버이들의 안식처이자 사무실도 있는 집)'에서 유

김동완

1942년 강릉 출생.

감리교 신학대학을 졸업했다.

형제교회를 개척해 담임목사를, 인천 도시산업선교회에서

간사와 총무를 지냈다.

1994년부터 2002년까지 한국기독교교회협의회(KNCC) 총무를 역임했다.

가협후원회 회의가 있던 날, 회장이신 늦봄 문익환 목사님, 이해학 목사, 김동완 목사 등을 만났는데, 문 목사님이 약속 때문에 일찍 퇴장하시자 김동완 목사가 "오늘 우리 셋이 한번 놀아봅시다." 하고 제안했다. 내가 거절한 건 당연한 결과였다. 이미 그에 대해 가위표를 한 상태였으니까.

"이행자 씨! 다들 바쁜 사람들이라 이런 기회는 처음이자 마지막이 될지도 몰라요."

끈질긴 그의 설득에 송파에 있는 어느 술집에 가게 되었다. 나는 이때에 이 친구와 새벽 두세 시까지 놀면서 박현채 선생님과 이 친구는 암흑가의 대부도 할 수 있는 능력의 소유자라고 느꼈다.

그날 함께 있었던 이해학 목사는 나보다 시를 더 잘 쓰는 사람으로 내게 「가을」이라는 절창의 시를 순간에 쓰게 해주신 장본인이다.

가을

한 사내
빈 손을 채워주겠다며
두 눈 가득 가을을 담아왔으나
내가 안기고픈 남자는
오직
당신뿐.

문 목사님이 떠나신 1994년 그해 9월 어느 날 이해학 목사가 내가 좋아하는 복숭아를 가슴에 한아름 품고 우리집에 왔다. 집 앞 식당에 가서 점심 먹은 것까지는 좋았는데 차를 마시면서 계속 전화를 하는 바람에 그도 역시 가위표였다.

김동완 목사와 이해학 목사가 정지용의 「향수」를 부른 적이 있는데 절창이었다. 나도 민족문학작가회의 동네에 가면 노래를 못 부르는 편은 아닌데, 이 두 사람의 노래 실력은 정말 훌륭하다. 또 우연찮게도 이 두 사람은 다 우리집 앞 벤치에 앉았던 사람들이다.

인사동에서 우연히 김동완 목사를 만난 적이 있다. 모임에 갔다가 기분이 안 좋아서 살짝 빠져나와 부지런히 걷는데, 이 친구가 어느새 곁에 와서는 "안녕하십니까? 요즘도 글을 쓰십니까?" 하고 물었다. 아무리 무명시인이지만 이건 글 쓰는 이를 모욕하는 말이 아닌가. 그렇지 않아도 짜증이 나있는데 말이다.

그후 내가 쓴 산문집 『시보다 아름다운 사람들』을 보내면서 "요즘도 목회하시나요?" 하고 은혜를 갚았더니 그제서야 실수했다는 걸 알아챘는지 미안해했다. 하지만 이분 또한 역사를 온몸으로 사신 분이라 마음속 깊이 존경하고 있다.

시인 이행자가 만난

김진규

1937년 진주 출생.

2004년 2월 14일 작고.

서울대학교 사회학과 교수, 민주노총 지도 위원.

'민주화를 위한 전국교수협의회' 공동 의장, 학술단체협의회 공동 대표,

사회진보연대 대표, 진보네트워크센터(참세상) 대표 등을 역임했다.

지은 책으로는 『비판과 변동의 사회학』, 『사회과학과 민족현실』,

『한국의 사회현실과 학문의 과제』, 『제3세계와 사회이론』(편저),

『서울대학교 교수민주화운동 50년사』, 『군신과 현대사회』(공저) 등이 있다.

늠름한 바다

하루라도 빨리 버려버릴려고
삼팔선 휴게소 지나
남조선 마지막 포구
'대진'까지 달려갔건만
……
봄이 오고 있는
맑고 푸르고 늠름한 바다
당신이었습니다.
우아한 자태로
비상하는 기러기 떼

그 아름다운 '화진포'

억새밭에서 노을을 즐기는

장끼와 까투리

당신이었습니다.

서울서부터 함께 온 길동무

낮게 나온 반달,

짜안한 얼굴로

"저, 철딱서니 없는 걸 어쩌나?"

내려다보시는 그 처연한 모습,

바로 당신이었습니다.

선생님! 2005년 7월 14일, 당신께 쓰는 마지막 편지입니다. 암 투병 시작하시며 제게 하셨던 말씀 기억하시죠?

"앞으로 안용대가 나보다 더 잘해줄 거니까 걱정하지 마세요."

이 말씀이 저를 얼마나 울렸는지 당신은 아마 상상도 못하실 겁니다. 저 승길을 예약해놓고 목숨을 저당 잡히고 사시는 분이 제 걱정을 하시다니요. 당신은 그런 분이셨습니다.

1989년 10월 24일 밤(리영희 선생님 출옥 기념으로 한길사 김언호 사장이 마련한 저녁 모임으로 고은, 박현채, 김진균, 강만길 선생님 등이 참석했다), 리영희 선생님과 같은 차를 탈 생각도 안 했는데, 선생님께서 저를 억지로

리 선생님 차 속으로 밀어넣으셨지요. 덕분에 그날 선생님이 주례 서셨다는 여자분이 운영하시는 카페 '장미빛 인생'에서 한길사 김일수 차장이랑 셋이서 맥주를 마시고, 저는 김 차장이 집까지 데려다주어 편히 들어왔지요. 김일수 차장은 제가 김언호 사장보다 더 좋아하는 사람입니다. 사람이 얼마나 한결같은지…. 그와는 지금도 만나는 모임이 있습니다.

시간이 지난 후에 제가 선생님께 물었지요.

"왜 저를 리영희 선생님 차 속으로 밀어넣으셨어요?"

"그게 말예요. 리 선생님을 존경하는 사람은 많아도 좋아하는 사람은 그리 많지 않고, 또 리 선생님이 그날 계속 이행자 씨 얘기를 꺼내셔서 내가 일부러 그렇게 한 거예요. 두 분이 다정하게 지내면 얼마나 좋아요?"

선생님!

1985년 8월 10일, 선생님을 처음 만난 날부터 헤어지는 날까지 선생님과 나눈 편지가 한 상자입니다. '편지로 쓰는 일기'인지라 선생님께서는 읽어보신 다음 꼬박꼬박 답장과 함께 제게 돌려주셨지요?

제가 선생님께 마지막 들은 얘기는 "개떡같이 너무 힘드네요!"였어요. 전화를 끊고 얼마나 울었는지 모릅니다.

늠름한 모습 그대로 제게 남고 싶어, 옆구리에 호스를 끼시고부터는 그 모습 절대 안 보여주려고 하셨습니다. 저도 당신의 자존심을 지켜드리고 싶어, 선생님 사시는 아파트 앞 등나무 뒤에 숨어 사모님과 함께 병원에서 돌아오시는 모습을 훔쳐보던 것도 그만두었지요. 그것이 더 큰 사랑이니까요.

동생이 서울대병원에 입원했을 때, 선생님이 바로 위층에 계시는데도 저는 이를 앙다물고 참았습니다. 제가 선생님을 부둥켜안고 울고불고해서 선생님의 통증이 조금이라도 사라진다면, 별짓 다했겠지요. 함께 사는 동생이 항암치료를 받고 있으니 선생님이 당하시는 고통을 늘 보고 있는 것이었지요. 산 지옥이 따로 없었습니다.

2003년 1월 21일, 다 괜찮아진 줄 알았던 선생님의 병이 재발한 걸 알게 된 그날 밤, 저는 왼쪽 갈비뼈 두 개가 부러졌습니다. 정신없이 울다가 버스에서 다쳤습니다. 그 다음날 바로 선생님의 정년퇴임식과 출판기념회가 있어서 저는 우선 간단히 응급처치만 하고 통증을 애써 참으며 행사에 참석했습니다. 제 갈비뼈가 부러져서 선생님을 구할 수만 있다면 얼마나 기쁜 일이겠어요? 열심히 사신 당신에게 왜 그렇게 무서운 병마가 달려드는지, 저는 도무지 신을 믿을 수가 없습니다.

선생님!

선생님은 그곳에서도 바쁘신가요? 꿈에서조차 한 번도 안 나타나시니 말예요. 민중 속에서 불나비로 날아다니시느라고 더 바쁘시다구요? 현채 선생님도 잘 만나셨는지요?

선생님께서 『들꽃 향기 같은 사람들』에 써주신 발문을 보면, 저와 선생님이 어떻게 친해졌는지 자세히 잘 나와있어서 그 글로 편지를 마칩니다.

별이 빛나려면 하늘이 맑아야 한다

김진균

전교조가 아직 전교협으로 있을 당시 '민주화를 위한 전국 교수협의
회'는 여소야대의 정국에 다소나마 기대하는 분위기에 편승해서 '교
육관계법'을 민주적인 내용으로 채우기 위해 공동대책기구를 구성하
고 민교협이 일주일 정도 사당동 사무실에서 농성을 한 일이 있다.
그때 많은 사람들로부터 격려도 받고 연대를 받기도 했는데….
그때 이행자 씨는 소득이 낮음에도 불구하고 음료수 두 상자를 들고
직접 사무실에 찾아와 격려를 해준 일이 있다.

이때가 7월 28일이었는데, 한길사에서 나오던 계간지 <사회와 사상>
독자수련회가 1989년 7월 29일부터 31일까지 지리산 '덕천서원'에서 있
었다. 사실은 리영희 선생님, 김진균 선생님도 함께 가기로 했었는데, 그
때 리 선생님은 '한겨레 1주년 기념 방북취재사건'으로 서울구치소에 계
셨고 김 선생님은 민교협 의장이라 농성장을 떠날 수가 없었다. 함께 가기
로 한 김 선생님께 죄송해서 농성장에 음료수 두 상자를 들고 갔는데, 몸
도 불편한 사람이 그 무거운 걸 들고 2층까지 끙끙대며 올라온 성의가 기
특하셨나 보다.

아마도 그때쯤에….

이행자 씨는 보다 구체적으로 감상주의적인 '사람 못난' 자의식에서 벗어나 사회적 영역으로 발을 들여놓기 시작하는 듯하였다. 지금은 확고하게 민민운동권의 '일꾼'으로서 그리고 거기에 힘을 부추겨주는 창작인으로서 그녀의 몫을 다하고 있음에 놀라움을 금할 수 없다.

그리하여 지난 6월 성균관대학교 금잔디광장에서 민족민주열사 합동 추모제를 거행할 때, 유가협후원회의 일원으로 행사 준비를 열심히 하는 모습을 보면서 그녀의 시 「님」에서 부르짖고자 하는 뜻을 알아 차릴 수 있었다.

님이시여

잊으라고 하지 마십시요

잊으라 하신다고

잊혀질 님이라면

이미 님이 아니랍니다.

이 험한 세상

출구 보이지 않는 어둠 속에서도

한줄기 빛 같은

님이 계시기에

햇새벽 안고 올

님이 계시기에

휘청거리는 몸뚱이 바로 세워

눈부신 아침세상 향하여

빛나는 해방세상 향하여

앞만 보고 가렵니다.

이행자 씨의 시 세계에 대해서는 나 같은 사람이 어떻다고 말할 주제
가 아니다. 다만 재미있는 사실을 들추어낸다면….

이행자 씨가 병원에 입원해 수술을 받은 일이 있는데, 그때 병실에서
무료한 틈을 삼천리 강산 통째로 채우려고 「병상에서」라는 시를 써서
나에게 자랑삼아 이야기한 적이 있었다.

첫 연이

"청명한 가을 하늘에

아픈 자는 꿈을 꿉니다"

로 시작되고 있었다. 내가 무심코 '청명한'이라는 단어를 '맑고 푸른'
으로 교정을 해버렸는데….

나중에 보니, 그 시가 제3회 전태일문학상 시부문 우수상에 뽑히어
지난 가을 연세대 장기원기념관에서 상을 받았고 비로소 민중시인의
반열에 서게 된 이행자 씨는 더욱 열성을 내어 시 창작에 몰두하는 듯
하였다.

그런데 이행자 씨가 부상으로 받은 상금은 회갑을 맞으신 이소선 어머님의 치마저고리를 해드리고 나머지는 몽땅 전태일 기념사업회에 헌금하는 것 같았는데….

나는 이때에 사실 3분의 1은 선생님이 회장으로 계시는 전노협후원회에 내고 싶었는데, 이소선 어머님께서 "언니야! 거기보다 우리가 더 어렵다." 하고 말씀하시는 바람에 마음이 약해져 상금을 전태일 기념사업회에 다 냈다.

그래도 그 시에 이 사람의 손길이 있었다는 평계로 그녀의 낮은 소득에도 불구하고 나에게까지 자축의 한잔 술을 내기까지 하였다.
전태일문학상을 탄 까닭인지 몰라도 어쨌든 그렇게 해서 그녀는 노동운동 쪽까지 관심을 넓혀가는 듯하다. 지난 1월에는 전노협 1주년 때에 맞추어 전노협 발간의 <전국노동자신문>에 유일하게 축하의 시를 쓰고 그러한 민중만큼으로 '성장'하는 것이었다.
유가협후원회 운영위원으로서 유가협에 쏟는 정성에 비해서는 조금 부족한 것 같지만, 민주노동 부분까지도 마음을 써주었다. 사실 전노협은 여러 가지 사정이 겹쳐 많은 사람이 바라는 만큼 크고 빠르게 뻗어가지 못하고 있다. 전노협후원회에 개인별로는 가장 많이 후원자를 가입시키고 있는 사람이 또 이행자 씨다.

달마다 후원금을 챙겨서 보내는 사람들은 아마도 그녀의 '낭만주의시대'에 같이 얽혀진 사람들이 그녀의 그물에 걸려들어 후원금을 내고 있으리라고 여겨진다.

그녀의 낭만주의시대 역사는 내가 잘 모른다. 그녀의 시 몇 편을 보아도 아직 거기서 확실히 벗어난 것 같지는 않지만, 오히려 그 정감이 그녀로 하여금 민중의 역사에 더욱 눈물겹도록 다가가게 만드는 것인지도 모른다.

1985년 여름.

도서출판 한길사가 저자와 독자를 위한 연찬회를 합천 해인사에서 개최한 바 있다.

사실 나도 그때 이행자 씨와 처음 인사하게 되었다. 저자 쪽에서 내가 얘기하는 모양이 그녀로서는 참 우스꽝스러웠는지 서울로 돌아오는 길에 몇 마디 충고까지 해주었다.

참으로 이제나 저제나 푼수는 어쩔 수가 없다. 제 주제에 감히 대학 교수에게 충고를 하다니…. 하룻강아지 범 무서운 줄 모른다는 말이 내게 어울리는 말인 줄을 오늘에야 알았다.

그 버스 속에서 노래를 하는데 그녀는 「서머타임」, 「테네시월츠」 등 외국가요를 열창하였다. 누군가가 "그 제국주의 노래 집어치우라." 하

고, 그녀는 그래도 신나는 것은 신나는 것이라며 아주 경쾌한 노래로
응수하였다. 요즈음 그녀는 그러한 노래는 부르지 않는 것 같다.

금년 5월, 6월의 거리에서 여기 이 땅의 더 절박한 노래를 소리쳐 불
러야 했고….

'시'라는 형식으로 노랫말을 만들어 이 강산에 메아리 되어 퍼지도록
해야만 할 것 같다.

1988년 1월 그녀는 그녀가 아주 인간적으로 존중했던 분을 잃었다.
그분이 이 세상을 떠남으로 해서 많이 아파하면서도 오히려 그 아픔
을 딛고 더욱 성숙해져 개인사적인 아픔으로부터 벗어나 좀더 마음을
넓혀 역사적으로 사회적으로 자기의 세계를 구축해가는 것 같다.

정중하게 축복드린다.

4324년 7월 29일.

선생님께서는 단기 연호를 쓰는 게 좋다고 하시면서 내게 편지 쓰실 때
에는 꼭 단기를 쓰셨다.

늠름한 바다 2

단 두 시간 만남이었다
언젠가

오늘이

아름다웠다 말하려고

너를 향해

일곱 시간이나 달려갔다.

늘 무언가를 주고 싶어하는 마음까지

떠난 그분, 닮은 너!

태어나

부모에게 부리지 못한 어리광,

받지 못한 사랑,

그분과 네게서

늘 받는다.

서울에 흐드러진 겹벚꽃

그곳에도

흐드러진 요상한 봄날,

그래도

네 태가 묻힌

동해, 그 땅에서

정열적인 춘백 만나

설레임으로 충만했다

연둣빛 꿈의 융단이

온 누리, 수 놓은 오늘,

내 생애

'최악의 날'을

'최고의 날'로 만들기 위해

떠난 여행이다.

1999년 4월 20일

15년 씩이나 내 다리가 되어주던

살뜰한 동지를 잃고…

2000년 4월 20일

마음의 양식인 그분이

대장암 선고 받고…

2001년 4월 20일

몸의 양식인 하늘 같은 동생이

임파선 암 선고 받고…

내년에는

4월 20일, 오늘이

꼭 아름다웠다 말하려고

등 떠밀려

떠난 여행이다.

항구 도시 부산,

비록 바다 보지도 못했지만

네가 바다였다

늠름한 바다였다!

용대 씨! 참 오랜만이다 그렇지?

1991년 10월 13일, 설악 기행에서 용대 씨 만나서 지금까지 나는 언제나 용대 씨에게 오빠처럼 기대고 있는 것 같다. 얼마 전 태섭이 형님께서 하시는 말씀이, "그때 이행자 씨께서는 안용대를 만난 것이 행복한 순간이었지만 안용대에겐 아마도 불행의 시작이 아니었을까?"

용대 씨! 설마 그렇게 생각하시는 건 아니겠지요?

김진균 선생님도 김언호도, 용대 씨를 아는 모든 사람들은 그를 아끼고 사랑한다. 그는 이미 20대 때부터 속이 깊고 넓은 사람이었다. 부산대학교 건축공학과를 1등으로 졸업하고, 들어가기 힘들다는 건축사무소 '공간'에 공채로 들어갔는데도 자기 자랑을 하지 않는 참 겸손한 성격을 지녔다. 그는 시를 굉장히 잘 써서 내가 부러워할 정도이다. 그의 시 「목련」을 선보이며 얘기를 끝내기로 한다.

안용대

1962년 출생.

부산대학교 건축공학과를 졸업했다.

동 대학교 대학원에서 도시공학과 박사과정을 수료했다.

(주)공간연구소에서 일하다가 '승효상 건축연구소' 로 옮겨

그 유명한 유홍준의 집 '수졸당' 설계에 참여했다.

현재 부산에서 '가가 건축사사무소' 를 운영하고 있고,

부산 민예총 이사와 부산환경운동연합 전문위원으로 활동하고 있다.

마지막 남은 겨울

은빛 바람을 거두어 떠나고

못 다 지운 잔영

한 떨기 움으로 돋아

천년 목필

품어 온 고결은

억겁으로 합장하다.

어김없는 봄

님의 가슴 마냥 목련에 내리고

수줍어 몽글린 그 봉오리

그 잎에 입 맞추고, 맞추고

님의 향기 좋아라

합일을 구하는 가느다란 떨림은

삼백예순날의 회유

바지런한 백화

잎 먼저 피고

여섯 현 거문고 흐느낄 제

우미한 향을 풍긴다

그 품에 변절의 묵은 때 훌훌 벗어담그고

온몸으로 피어나
잔향마저 마시노라

잎 다 져 어두운
어김없는 날에
그 님이 떠날지면
뭉그러진 시간의 상처
선홍색 아픔으로 키우며
다시 피어날 해맑은 그 봄을
마냥 기다렸네라.

시인 이행자가 만난 박치음과 장사익

박치음(본명 박용범)

1959년 출생.

서울대학교 공과대학 금속공학과를 졸업했다.

동 대학교 대학원에서 석사와 박사 학위를 받았다.

「반전반핵가」, 「내사랑 한반도」, 「미안해요 베트남」 등의 민중가요를 작곡했다.

현재 순천대학교 공과대 신소재응용학부 재료금속공학전공 교수이다.

"반전 반핵 양키 고 홈!"

양키가 이 땅을 떠날 때까지 계속 외쳐 불러야 할 「반전반핵가」.

2005년 6·17 평양 면담에서 김정일 위원장은 정동영 장관에게 "조선 반도의 비핵화는 김일성 주석의 유훈"이라고 했다고 한다. 한반도에서 「반전반핵가」는 언제나 유효하다.

반전반핵가

박치음 작사 · 작곡

제국의 발톱이
이 강토 이 산하를
할퀴고 간 상처에
성조기만 나부껴

민족의 생존이

핵 폭풍 전야에 섰다

이 땅의 양심들아

어깨 걸고 나가자

사랑하는 조국을 위해

이 목숨 다 바쳐

해방의 함성으로

가열찬 투쟁으로

반전!

반핵!

양키 고 홈!

박치음 악보집에 실려있는 반전반핵가 악보.

1980년대 중반 이후 대학가에서, 노동현장에서, 거리 시위에서 이 노래는 빠짐없이 울려 퍼졌다. 그 시절엔 이 노래를 모르면 간첩이었다. 격동의 세월 속에서 이 노래는 시대적 상징이 되었다. 이 노래는 마치 구전가요처럼 뿌리내렸지만 정작 작곡가는 의외로 알려지지 않았는데, 노래 못지않게 작곡가의 직업과 이력도 관심을 끈다. 순천대학교 재료금속공학과 박치음 교수가 이 노래의 작곡가이다. 1986년 김세진 열사가 '양키 고홈!'을 외치며 스스로 목숨을 끊은 것에 충격받아 곧바로 지은 곡이 바로「반전반핵가」이다.

그뒤 그는 교수로 임용됐고 연구와 음악을 병행하며 두 차례의 공연을
했다. 나는 신촌 기차역 굴다리 옆에 있던 한마당 극장(이곳에서는 문성근
이 연극 첫 주연을 맡은 「한씨연대기」도 공연했는데 지금은 없어졌다)에서 박치
음의 공연을 보았는데, 국악 반주에 맞춰 가부좌를 틀고 앉아 노래 부르는
모습이 독특하고 신선해 넋을 잃고 보았었다. 「반전반핵가」와 함께 내가
가장 좋아하고 즐겨 부르는 노래가 역시 박치음이 작사, 작곡한 「내 사랑
한반도」이다.

　　끈질기게도 피어라

　　백두에서 한라까지

　　척박하여도 피어라

　　핵무기의 그늘 아래도

　　눈물겹게도 피어라

　　압록에서 섬진까지

　　억울하여도 피어라

　　양키의 군화발 밑에도

　　허리 잘린 상처에도

　　피어나라 사랑아

　　내 사랑 사랑 사랑 한반도

　　내 사랑 한반도

결국 하나가 되어야 할 되고 말

내 고향은 한반도

내 사랑 사랑 사랑 한반도

내 사랑 한반도

1999년 2월 1, 2일 대학로 라이브 극장에서 열린 박치음 콘서트 '혁 ·
누 · 망 · 운'에서 판매한 악보집에 그는 이렇게 썼다.

'혁누망운'이라 이름한 이번 공연에는 1990년대 이후 스스로를 위로
하기 위해 일기 쓰듯 만든 노래들을 주로 부르려고 한다. 혁누망운이
란 혁명 · 누명 · 망명 · 운명의 앞글자들이다. 이 네 개의 '명'으로 우리
가 살아온 지난 시대와 다가올 세기를 노래하고자 하는 셈이다.

꼭 10년 만에 이렇게 무대에 나서게 된 건, 인사동 툇마루에서 막걸리
를 마시며 지난 세월을 함께한 동무들의 살가움이 있었기에 가능한
일이거니와 1999년이라는 해가 가지는 의미에 끌렸다는 것도 굳이
부인하지 않겠다. 세기말과 21세기가 어찌 장사치들의 것이기만 하
겠는가.

덧붙이건대, 혁명과 누명과 망명과 운명의 길을 걸어오고 갈 이들에
게 이 공연을 감히 바친다.

여기에, 1980년 광주항쟁 이후 20년간 만든 노래 가운데 기억나는 몇

곡을 뽑아 싣는다.

박치음은 이날 공연에서 자신이 작사 작곡한 「오늘 같은 날에는 성래운 의 시낭송을 들어야 한다」, 「투사의 유언」, 「산성비」와 김남주 시에 자신 이 곡을 붙인 「산국화」 등을 우리에게 들려주었다. 나는 10년 전 그 공연 이 인상에 깊이 남았는데 이상하게도 음악보다는 그가 옷 위에 늘어뜨렸 던 새하얀 스카프가 더욱 선명히 떠오른다.

2000년 7월 6일 숭실대에서 열린 '베트남과 함께하는 평화문화제'에서 도 박치음의 공연을 보았다. '사이공 그날의 노래'라고 이름 붙여진 평화 문화제는 베트남전 민간인학살 진실위원회가 베트남전에서 우리가 저지 른 잘못을 진심으로 사과하고 이를 국제평화운동의 계기로 삼자는 뜻에서 마련한 대형 문화행사였다. 나는 이날 미국에 있는 둘째 조카의 큰딸 수진 이(에모리대학교 경제학과 4학년생으로, 조국 체험을 왔었다)를 데려갔는데 하 마터면 수진이도 나도 큰 부상을 입을 뻔했다. 공연이 시작되기 전 공연장 밖에서는 베트남 돕기 자선 행사로 음식과 장식품들을 팔고 있었는데 갑 자기 '고엽제 전우회'라고 써있는 봉고차가 행사장에 나타나 난폭하게 지 그재그로 달리며 기물을 쓰러뜨리고 밟고 지나가서 굉장히 무서웠다. 그 래도 사람이 크게 다치지는 않았다.

이날 공연에서는 박치음이 베트남 헌정 노래를 부르며 마지막을 장식했 다. 이 노래와 관련한 박치음의 인터뷰 기사가 <한겨레>(2000년 7월 6일)

에 실렸기에 여기에 옮겨본다.

박치음 순천대 교수가 베트남전에서 일부 한국군 부대가 저지른 민간인 학살을 베트남인에게 사과하는 노래를 만들었다. 곡명은 「미안해요 베트남」. (…)

"베트남전 양민학살에 대한 진상조사와 사과운동이 벌어지고 있다는 얘기를 듣고 무척 놀랐습니다. 우리 사회의 성숙도를 반영하는 거라고 생각해요. 미리 알았다면 일찍부터 참여했을 겁니다."

박 교수는 5월 이 행사의 실무를 맡고 있는 시민단체인 국제민주연대 쪽의 작곡 요청을 그 자리에서 승낙했다. (…)

"베트남에 대해 사과하는 것은 우리 자신을 위한 것입니다. 가해자로서 자신의 잘못을 사과하지 못하는 수준의 시민의식으로는 통일시대를 맞을 수 없습니다. 세계시민으로서 발언권도 당연히 없죠. 이제는 진실한 사과를 통해 역사의 질곡에서 벗어날 때가 되었다고 생각합니다."

그는 보름 동안 수십 차례 성을 짓다 허문 끝에 헌정 노래를 완성했다. 대학시절 행사장에 택시를 타고 가면서 노래를 만들 정도로 뛰어난 작곡 실력을 가진 그가 이렇게 오랜 시간 공을 들인 노래는 많지 않다.

"투쟁가만 짓다 서정성 짙은 노래를 만들 수 있을까 걱정했는데 점수를 준다면 'B제로'는 된다고 생각합니다."

박 교수는 베트남 얘기가 나오면 생각나는 선생님이 있다.

"중학교 2학년 때였어요. 역사 선생님이 수업시간에 베트남전쟁을 잘못된 전쟁이라고 얘기하셨고(혹시? 이 역사 선생님은 '리영희 교수님' 제자가 아니었을까?) 반장이었던 나를 비롯해 모든 학생들이 박정희 정권의 논리를 펴며 대들었죠. 대학에 와서야 진실을 알게 됐습니다."

박 교수는 20여 년이 지난 지금 베트남에 대한 헌정 노래를 작곡함으로써 역사 선생님의 올바른 가르침을 실천하게 된 셈이다.

박치음처럼 나도 오늘같이 비 퍼붓는 쓸쓸한 날에는 성래운 선생님의 시낭송을 듣고 싶다.

오늘 같은 날에는
성래운의 시낭송을 들어야 한다

박치음

오늘같이 비바람 치는 날에는
성래운의 시낭송을 들어야 한다
모두들 떠나가 버린 사막 같은 날
성래운의 시낭송을 들어야 한다
오늘같이 누군가 그리운 날엔
성래운의 시낭송을 들어야 한다

그리움 새록새록 굴뚝 같은 날

성래운의 시낭송을 들어야 한다

그이께서 우리에게 그러하셨듯

뜨거운 가슴으로 사람을 따르자

그이께서 언제나 그러하셨듯

꿈을 비는 마음으로 사랑을 마시자

오늘같이 어둠 속 헤매는 날엔

성래운의 시낭송을 들어야 한다

더이상 절망할 것이 없어져버린 날

성래운의 시낭송을 들어야 한다

내가 봤던 1999년 2월 공연 실황을 담은 라이브 음반 『혁 · 누 · 망 · 운』
이 발매됐다는 걸 신문에서 봤지만 아직 음반은 보지도 듣지도 못했다.
<한겨레>(1999년 7월 2일)에 실린 음반 소개 기사의 일부를 옮겨본다.

대학 교수가 음반을 냈다는 점과 함께, 이 음반은 그 취지가 눈길을 끈
다. 모든 수익금은 비전향 장기수를 위해 대표적인 인권단체인 '인권
운동사랑방'에 기증한다.
새 천년 새 세기를 앞두고 박 교수는 지난 세기 지난 세월의 희생양 장
기수들에게 다시 한번 눈길을 돌리라고 노래한다. 그래서 50여 장기

수의 복역기간을 합치면 1천년 세월이 된다는 점에서 새 천년은 이들에게 희망이 되기를 바라는 노래「서곡」을 음반 머릿곡으로 올렸다.

"장기수들은 20세기에 가장 백안시당한 집단입니다. 다른 사상을 지녔다는 이유로 이번 세기 내내 온갖 고초를 겪은 이들이 인간의 존엄성을 유지하면서 인생을 정리하도록 동시대 사람으로서 관심을 가져 주는 게 예의가 아닌가 싶었습니다."

북으로 가신 신인영 선생님, 최하종 선생님, 김선명 선생님 등 모두들 건강하신지 궁금해지는 밤이다.

박치음이 민중가요의 숨겨놓은 보석이라면, 장사익은 대중가요의 빛나는 보석이다. 김진균 선생님이 사준 장사익 씨의『하늘 가는 길』을 마르고 닳도록 들으면서, 그에게「시대의 절창, 장사익이여!」라는 시까지 바쳤지만 김진균 선생님이 그렇게 떠나시고 내게 친동생과 마찬가지인 동생이 또 떠나자 그후로는『하늘 가는 길』을 절대 안 듣는다.

나는 장사익에게 내가 쓴 시「전태일을 생각함」을 보내면서 노래로 만들어 달라고 부탁했었다.

장사익

1949년 충청남도 광천 출생.

1980년에 국악에 입문했다.

태평소로 농악을 연주해 전주대사습놀이에서 장원을 수상했다.

임동창의 권유로 소리에 입문, 1995년 첫 번째 음반 『하늘가는 길』을 내놓은 이래

4장의 음반을 세상에 내놓았다.

전태일을 생각함

왜

나는 늘

이글거리는 땀방울 속에서만

너를 만날까

새하얀 연꽃송이인 너를

연꽃잎

하나

하나

점점이 새겨진

네 아름다운 피,

노

동

해

방

!

외출에서 돌아오니 동생이 전화가 왔었다고 한다.

"이상한 남자가 전화를 했는데, 어찌나 촌사람처럼 큰 소리로 말하는지 다른 얘기는 하나도 못 알아듣겠고, 잠실이라더라."

잠실에 사는 장사익 씨가 퍼뜩 떠올랐다.

이튿날 아침, 전화를 받자마자 장사익은 "대단히 죄송한대유, 지는 재주가 없어서유 그렇게 훌륭하신 분 노래는 못 만들겠시유. 어쩌지유?"라고 한다. 상대가 너무 죄송해하니까 오히려 내가 너무 어려운 부탁을 했나 싶어 미안했다.

태어나 자라면서 들어온, 그래서 자연스럽게 몸에 밴 고향땅 광천(장사익의 고향, 충남 홍성군 광천읍)에서 불리는 만가 상여소리를 즉흥적으로 토해낸 소리가 바로 「하늘 가는 길」인 것처럼, 장사익의 자작곡은 작곡이라는 개념을 벗어나서 노래를 빚어 만들어낸 것이다.

노래를 빚어내는 시원은 '흥얼거림'이다. 그것은 그의 몸과 마음이 오랜 세월 동안 쌓인 노래에 대한 열정, 사랑 그리고 우리 국악에 대한 전문적인 학습에 쩔어 스며나오는 흥얼거림이다. 흥얼거림은 일반적으로 알려진 음악의 틀을 뛰어넘은 자유로움으로 표현되고 생명력을 갖는 하나의 노래가 된다. 그것은 뛰어난 즉흥성을 지니며 그 어느 것에도 매임이 없기에, 그의 노래는 살아 꿈틀거리는 생명력을 가지는 것이다. 이렇게 살아 꿈틀거리는 노래를 부르는 그에게 잘 쓰지도 못하는 시를 보내면서 작곡을 해달라고 했으니 무식하면 용감하다는 말이 내게 딱 맞는다.

생명력을 지닌 생동감으로 살아있는 그의 노래는 듣는 이의 심금을 울리는 마력으로 작용한다. 그의 노래 속에는 국악, 시, 가요, 재즈가 저마다의 모습으로 존재한다. 모든 것들을 끌어들여 완벽하게 자기 것으로 만들었기에 노래가 밖으로 드러날 때는 하나의 조화된 모습으로 나타나는 것이다.

이런 그의 노래에 임동창의 예술적 끼가 접목되어 하나의 새로운 음악으로 빛을 발한다. 피아노와 북만의 단촐한 구성으로 반주를 하지만 뛰어난 완성도를 갖춘 음악이 된다. (그의 노래는 온몸으로 들어야 한다)

장사익 음악처럼 전통음악에 바탕을 두고 그 어떤 음악적 틀에도 얽매이지 않으며, 살아온 인생이 고스란히 묻어나오는, 삶을 진솔하게 담은 생명력 있는 음악이 앞으로 우리가 추구해야 할 대중음악이 아닐까?

그가 부른 노래들은 부를 때나 들을 때 모두 사람들을 행복하게 하고 감동시킨다. 앞으로도 장사익의 노래 하나하나가 우리들의 살아가는 이야기가 되어 삶의 노래, 행복한 노래, 감동이 있는 노래로 남기를 바란다.

나는 그를 전주 민족문학작가회의 모임에서 처음 보았다. 작가 모임에 자주 나타나서 반가웠는데 그가 자주 보인 데는 이유가 있었다. 신경림 선생님이 초대해서 구중서 선생님과 함께 예술의 전당에서 연극「백범 김구」를 본 적이 있다. 그날 이 친구를 또 만났는데 신 선생님께 오더니 아주 깍듯하게 인사를 하는 거다.

"장사익, 알지? 저 친구 말야, 시인이라면 꼼짝 못해요."

"신경림 시인한테나 꼼짝 못하겠죠, 안 그래요?"

"하여간에 이행자는 그냥 넘어가는 법이 없어요."

2004년 2월 17일. '민중의 스승 고 김진균 선생 민주사회장'

대학로 마로니에 공원에서 거행된 장례식에서 그는 새하얀 두루마기를 입고 무대에 섰다. 자기의 첫 음악회 때 바쁘신 와중에도 선생님께서 찾아 주신 것에 대한 고마운 마음을 이야기하곤 정성들여 조가를 불렀다.

불과 지난해의 일인데도 이상하게 조곡의 첫 곡은 전혀 생각나지 않는다. 그런데 언제 어디서고 「봄날은 간다」를 들을 때마다 선생님 생각과 함께 장사익이 장례식에서 노래 부르던 모습이 떠오르곤 한다. 「봄날은 간다」가 그렇게 훌륭한 장송곡이 될 수 있다는 사실을 장사익이라는 노래의 장인 때문에 알게 됐다.

시인 이행자가 만난

손석희

1956년에 출생.

국민대학교와 미네소타주립대학교

대학원을 졸업했다.

1984년 MBC에 입사했으며

현재 아나운서국 국장이다.

「MBC 100분 토론」, MBC 라디오

「손석희의 시선집중」을 진행하고 있다.

손석춘

1960년에 출생.

연세대학교 철학과와 고려대학교 정책과학대학원을 졸업했다.

〈동아일보〉에서 기자 생활을 했고, 〈한겨레〉 노조위원장,

주간 〈미디어오늘〉 발행인,

언론개혁시민연대 공동대표를 역임했다.

2006년 현재 〈한겨레〉 비상임 논설위원,

중앙대학교 신문방송학과 겸임교수로 있다.

지은 책으로는 『여론 읽기 혁명』, 『신문 읽기의 혁명』,

『한국 언론운동의 논리』, 장편소설 『아름다운 집』과

『유령의 사랑』, 『마흔아홉 통의 편지』가 있다.

석희 씨는 1993년 가을, 역사비평사에서 출간한 『풀종다리의 노래』 머리말에서 "주제에 맞지 않게 글을 쓴 벌"로 출판사에서 서문을 쓰라는 둥, 글을 수정하라는 둥 빗발치는 독촉을 받았다고 했는데, 나는 그 벌을 지금 세 번씩이나 그것도 같은 출판사에서 받고 있다.

석희 씨가 『풀종다리의 노래』에 「식모시인 이행자」라는 꼭지로 내 얘기를 쓰는 바람에, 그때 역사비평사 영업부장이던 이원중 씨가 도서출판 지성사를 차리면서 내게 원고 청탁을 했다. 그래서 지성사에서 『흐르는 물만 보면 빨래를 하고 싶은 여자』(1994년), 『시보다 아름다운 사람들』(1999년)을 출간했고, 지금 이 책이 벌써 세 번째 산문이다. 청탁을 받아 쓰고는 있지만 늘 이원중 사장에게 폐만 끼치는 것 같아 마음이 조금 무겁다. 석희 씨로 인해 이원중 사장과 인연을 맺은 지도 10년이 지났으니, 별로 만나지는 않았어도 석희 씨와 인연도 벌써 10년째다.

손석춘 씨를 잘 알지는 못하지만 그가 훌륭한 언론인으로 현직에 있기에 석희 씨와 함께 쓰려고 한다. 두 분 다 언론 노조에서 열심히 활동했던 민주투사들이고, 재미있게도 모르는 사람이 이름만 들으면 남매로 착각할 수 있는 이름을 가졌다. 두 사람 다 연극표를 팔면서 알게 됐는데 석희 씨와는 책이 인연이 되어 친하게 지낼 수 있었다.

"부끄럽지만 받아주십시오."

1993년 11월, 석희 씨는 『풀종다리의 노래』가 출간되자마자 내게 책을 선물했고, 1992년에는 그 바쁜 중에도 연하장까지 보내주어 얼마나 고맙고 기뻤는지 모른다. 그 연하장을 지금도 그의 책 속에 고이 간직하고 있다.

내가 컴맹인 탓에 인터넷신문 <오마이뉴스>를 보지 못해서, 홍성식 기자가 종이신문인 <주간 오마이뉴스>를 꾸준히 보내주었는데, 87호(2004년 1월 8일)에 석희 씨 인터뷰가 실려있어 얼마나 반가웠는지 모른다. 장윤선 기자가 쓴 이 기사를 좀 옮겨본다.

4년에 한 번씩 총선이 다가오면 세간의 주목을 받는 남자가 있다. 바로 손석희 MBC 아나운서다.

나는 항상 석희 씨를 믿으면서도, 왠지 모르게 이때만 되면 조금씩 불안해지곤 했다. "석희 씨! 용서하세요."

그는 지난 11월 초 자신이 진행하는 라디오 프로그램에서 "정치는 하지 않겠다."라는 입장을 피력했다. 그럼에도 정치권의 러브콜은 쇄도한다. 손 씨는 "정치권이 본인을 만만하게 보기 때문"이라며 짐짓 피해가지만, 유력 시사프로 진행자인데다 개혁 이미지가 뚜렷한 그를 마다할 정당은 별로 없다. 그래서 그는 본인의 의지와 관계없이 4년에 한 번씩 곤욕을 치르는 게 아닐까.

지난 5일 오후 1시 40분 MBC 지하다방에서 손석희 아나운서와 만났다. 하얀 면티셔츠에 체크남방을 입고 나타난 그는 언뜻 보아도 올해 48세의 20년차 '아나운서국 부장님' (그는 2006년 1월 현재 국장이다)으로는 생각되지 않는다.

그가 내 핏줄 같은 동지와 동갑인지라 나는 그의 나이를 늘 기억하고 있는데, 얼굴이 워낙 동안인데다가 또 생김새와 달리 털털한 차림으로 다니기 때문에 더 젊어 보인다.

여전히 1992년 방송민주화 투쟁 당시 삶은 계란을 입 속으로 밀어넣던 사진 속의 '청년 방송인'으로 보인다면 너무 심한 비약일까. 하긴 불과 작년까지도 눈에 띄지 않던 흰머리가 눈에 걸리고, 노안 때문에 핸드폰 액정을 멀리 놓고 볼 때는 가는 세월을 어찌 막으리… 하는 생각도 스쳤다.

그를 만나 지나온 한 해와 또 올 한 해 한국사회 전반에 대해 얘기를 나눠보았다.

장윤선 기자(이하 장)_ 1월 15일 '총선 물갈이 국민연대(이하 물갈이연대)'가 발족한다. 이 단체의 발족을 어떻게 생각하는가?

손석희(이하 손)_ 오죽 답답했으면 그럴까 싶다. 정치개혁이 1백퍼센트 답보상태는 아니지만 상당부분 핵심쟁점이 해결되지 않고 있으니 그런 방식으로 나설 수밖에 없지 않았나 싶다. 정치자금법 등 정치개혁 법제가 표류하고 있으니까. 또 국민들의 정치무관심도 걱정이 됐을 테고….

「시선집중」이 전국 성인남녀 1천 명을 대상으로 벌인 여론조사 결과, '2004년 총선에 관심 없다'가 60퍼센트다. 물론 정치바람이 불면 상황이 바뀌겠지만, 대선자금 비리와 국회추태에 대한 '정치실망지수'가 여론조사결과에 반영된 것이라 본다. 하지만 민주주의에서 가장 무서운 것은 정치에 대한 무관심이다. 이런 상황 속에서 답답했으니까 그렇게 나왔으리라 생각한다.

장_ 답답한 정치현실과 맞부딪힐 때, 직접 '운동'에 참여하고픈 생각은 안 드는지.

참 예리한 질문이다. 장윤선 기자, 물론 똑똑하니까 <오마이뉴스> 기자를 하고 있겠지만 같은 여자인 나를 으쓱하게 만든다.

손_20년 나의 방송생활 중에 여러 차례 질곡이 있었으나, 기본훈련은 균형을 지켜야 한다는 것이다. 어느 한쪽을 선택하는 것은 익숙하지 않다. 스스로 단련된 것이든, 방송에서 배운 것이든 간에 훈련의 결과가 그것이다. 그래서 나한테는 균형을 찾으려 노력하는 것이 더 익숙하다. 그리고 그것이 나의 임무이고 역할이라고 생각한다. 그리고 '운동'은 부지런한 이들이 하는 것이지 나처럼 게으른 사람은 못한다.

나는 여기에서 석희 씨의 아버지 얘기를 하고 싶다. 그가 아버지와 같은 삶을 살고 있으므로…. 어렸을 때 부모님을 여읜 그의 아버지는 다니던 대학을 그만두고 학비가 무료인 육군사관학교에 들어가 군인이 되셨다. 그러나 5·16 쿠데타가 있기 몇 달 전, 쿠데타에 참여하지 않겠다는 그의 신념 때문에 군복을 벗었다. 석희 씨가 막 여섯 살이 되었을 때다. 나중에 석희 씨가 어머니께 들은 얘긴데, 6·25 때는 특공대까지 자원하셨다는 아버지가 군인으로서 마지막 용기를 낸 것이 '제대'였다고 한다. 아버지는 양심이 시키는 대로 행동하면 그것이 곧 법과 같다고 말씀하셨다고 한다. 군복을 벗고 난 다음 갖은 고생을 다하셨다지만 그런 아버지가 계셨기에, 손석희라는 훌륭한 아나운서가 탄생한 것이 아닐까?

장_ 균형이라는 걸 어떻게 정의하는가.
손_ 무엇이 중립이고 공정이고 균형인가… 정답은 없고 늘 고민하고 추구해가는 과정이라고 본다. 기계적 중립이 옳으냐? 그건 아닐 수 있다. 개념정리 같은 고상한 대답말고 그냥 즉물적으로 대답한다면, 균형을 지킨다는 건 양쪽으로부터 다 칭찬을 받을 수도 있지만, 다 욕을 먹을 수도 있는 것이다.

둘 중의 하나를 택하라면 나는 차라리 후자를 택하고 싶다. 시사토론 프로그램을 진행하면서 어쩔 수 없이 얻게 된 결론이다. 비판적 접근이 기본이니까. 문제는 나를 비판하는 한 쪽에서는 맞은 편 쪽에서도 나를 욕하고 있다는 걸 모른다는 것이다.(웃음)

장_1980년대 민주화운동과 현 단계 시민운동은 많은 차이가 있다. 1992년 방송 민주화투쟁을 경험했던 세대의 입장에서 현 단계 진보운동과 언론의 역할을 어떻게 보는가.

손_1980년대 민주화운동의 대척점은 민주 대 반민주, 권위주의 대 탈권위주의 이런 직선이었다. 그러나 지금은 매우 복잡하다. 한눈에 볼 수 없는 전선이 존재한다. 1980년대엔 가만히 있어도 이 편 저 편으로 나뉘었다. 그러나 지금은 너무 많은 선이 복잡하게 존재한다.

정치적 권위주의가 상당부분 쇠퇴하고 시민사회의 역할이 확대된 만큼 당연한 결과일 것이다. 방송인의 입장에서 보자면 그만큼 전방위적 비판이 가능해진 한편, 어느 한 쪽에 편향될 수 없는 상황이 되었다. 예를 들어 과거에는 특정 집단을 지지함으로써 권위주의적 정치권력에 대항하는 결과를 얻는 경우가 많았지만, 지금은 그렇게 단순

하지 않다는 것이다.

장_ 「시선집중」이나 「100분 토론」 등 시사프로의 정치아이템 편중현상에 대해 어떻게 생각하는가.

손_ 시사프로는 논쟁이 필요하다. 현상설명만으로는 역할이 축소된다. '소재주의'에 빠질 가능성이 있지만, 항상 논쟁이 있는 곳은 정치권이다. 따라서 정치권을 많이 다룰 수밖에 없다. 연말연시 「시선집중」에서 청취자 연결로 의견을 물었을 때, 많은 청취자들이 정치 얘기를 좀 빼라는 것이었다. 그러나 1월 6일이 총선 100일 앞이다. 그래서 또 정치얘기를 도배질하게 됐다.(웃음)

장_ 보수언론은 2004년 신년을 맞으며 '한국사회에 희망은 있는가'라고 진단했다. 실제 우리사회엔 진보와 보수 등 무수한 갈등이 존재한다. 이런 갈등을 어떻게 풀어야 한다고 생각하는가.

손_ 과도기에 생길 수 있는 일이라고 생각한다. 예를 들어, A의 시대에서 좀더 나은 B의 시대로 가는 길에 나타날 수 있는 현상인 것이다. 과도기에 생기는 파열음은 원래 상당히 크다. 그런데 우리는 변화를 향한 사회적 기반이 취약하기 때문에 꼭 A에서 B로만 가리라는 확신이 부족하다. 그래서 파열음이 더 커지는 게 아닐까.

보수와 진보 간의 갈등을 논했는데 나는 탈권위주의 문제를 예로 들어 말하고 싶다. 아래로부터의 탈권위주의 요구는 진작부터 있어온 것이고, 적어도 노무현 정부를 내용적으로 평가하기는 이르지만 현

상적으로는 탈권위주의로 가고 있다고 생각한다. 아마 노무현 정부가

아닌 이회창 정부가 들어섰어도 비슷한 결과가 되지 않았을까 싶다.

탈권위주의는 이미 우리 사회의 대세이니까….

장_ 노무현 정부의 정책을 볼 때, 지난 대선에서 그를 지지했던 많은 사람들이 실

망하지 않을까 우려된다. 노 정부의 정책을 어떻게 평가하는가.

손_ 노무현 정부는 교수들이 뽑은 2003년 키워드가 '우왕좌왕'이란 말

을 듣고 10분의 9는 억울했을 것이다. 지난 한 해 동안 정책 관련 활동

평가는 빼고 우왕좌왕한 것만 부각시키는 언론이 매우 섭섭했을 것이

다. 그러나 언론은 문제 있는 것만 다루게 돼있다. 문제 있는 걸 안 다

루면 그게 기관지지 언론인가?

그리고 자본주의가 팽창하면 언론은 당연히 비대화된다. 그걸 권력이

어떻게 할 수는 없다. 언론은 지금 감시견(watchdog)과 애완견

(lapdog)을 넘어 경비견(guarddog) 역할을 한다. 경비견은 이미 자신

이 기득권자가 되어 기존의 사회체제를 지키고 침입자가 발생하면 가

장 먼저 짖는다. 상대가 '정부'라 하더라도 자신의 기득권 체제에 침입

한 것으로 간주하면 싸운다는 것이다.

따라서 정부는 이미 경비견이 된 언론을 정치적으로 통제하려 하지

말고 법규정과 시민사회에 맡겨야 한다. 노무현 정부 역시 사안별로

필요한 경우 반론을 적극 개진해야겠지만, 적어도 감정적으로는 언론

과 맞붙을 필요가 없다고 본다. 언론개혁은 법과 시민사회의 몫으로

돌려주는 게 옳다.

장_ 시사프로 진행자는 한국사회 최대 현안을 최전선에서 마주한다. 시사프로 진행

자로서 한국사회의 가장 큰 문제점은 무엇이라고 보는가.

손_ 의사소통의 부재다. 소통이 잘 안 되는 문제가 심각하다. 한 서클

안에서 끼리끼리 소통은 이뤄지나 이 서클과 저 서클 간의 소통은 단

절돼있다. 카타르시스 의사소통은 있지만 설득의사소통은 없는 것이

다. 이런 카타르시스 의사소통은 배설이다. 정치 · 문화 · 경제 등 전

분야에서 서로 설득하는 의사소통이 정말 필요하다고 생각한다.

이런 의사소통의 복원을 위해서는 서로 인정하는 것이 필수 불가결

하다.

장_ 노무현 정부 2년째를 맞이하고 있다. 참여정부에 바라는 바가 있다면?

손_ 대통령이 그만두지 않았으면 좋겠다.(웃음) 우리 사회의 50~60대

중에는 노무현 대통령이 끝까지 갈 것이라고 생각하지 않는 사람들도

많다.

노 정부에 바라는 바는 첫째로 예측 가능한 사회였으면 좋겠다. 그건

정책에서도 마찬가지다. 외교 · 경제 · 정치 등등 지난 1년간 예측 불

가능한 사안들이 너무 많았다. 이 자리에서 일일이 열거하지는 않겠다.

둘째, 노무현 정부가 가진 철학이 있다면 그것을 일관되게 밀고 나갔

으면 한다. 우리 사회, 나아가 우리 역사가 발전하고 있다는 사실을

실감할 수 있도록 해달라는 말이다. 2004년엔 '소통과 연대가 가능한

사회'가 됐으면 좋겠다.

구구절절이 다 옳은 얘기들인지라 옮기다 보니 개인적인 얘기는 별로 하지 못했다. 그의 아들 둘도 이제는 많이 컸을 텐데….

'손석희와 손석춘'을 쓰려고 마음먹은 아침(2005년 7월 12일) <한겨레>에 손석춘 씨의 신간 소설을 소개하는 기사가 실렸다. 손석춘 씨가 <한겨레> 노조위원장일 때 사무실에 가서 「다시 만나는 전태일」 공연표를 5만 원어치 판 적이 있다. 사무실 문 밖까지 따라 나오면서 "대단히 죄송합니다. 더 팔아드려야 하는데…."라고 인사하는 그 모습이 참 겸손하고 진지해서 '이 사람도, 진보의 첫째 덕목이 겸손이라는 걸 아는 사람이구나!' 하고 생각했었다. 그런데 그가 글을 잘 쓰는 사람인 줄은 몰랐는데(물론 기자니까 어느 정도야 쓸 거라고 생각은 했지만), 그의 신문칼럼을 읽으면 나도 모르는 아름다운 우리말이 어찌나 많이 나오는지 읽을 때마다 주눅이 들었다. 그런데, 세상에! 소설이 벌써 세 번째라니. 1998년 개마고원에서 나온 『언론개혁의 무기』도 아직 다 못 읽었는데….

"현대사에서 늘 정권의 앞잡이로 서온 권력의 개××들, 언론!"
1983년 봄. 대학 교정에 뿌려진 '지하 신문'의 한 구절이다. 15년이 흐른 1998년 1월, 술자리에서 우연히 수인사를 나눈 쉰 살의 노동자는

쾡한 눈을 번득이며 내뱉었다.

"개××들, OECD 들어갔다고 신문과 방송이 그 난리를 치더니만 1년
도 못 가 IMF 타령이여. 아! 도대체 뭣하는 ×들이여."

욕설의 깨끗함이 뚝뚝 묻어나는 신랄한 고발들이다. 그렇다. 언론비
판이, 봇물을 이루고 있다. 세기말인 오늘, 대학가에서, 노동현장에서
대통령선거 과정에서, 그리고 실직의 음산한 골목길에서 언론과 언론
인을 질타하는 목소리가 거침없이 쏟아진다.

『언론개혁의 무기』 머리말 「언론현장에서 본 언론개혁 청사진」의 앞부
분이다. 1998년 출간된 책인데 2005년인 지금도 여기에서 달라진 게 없
는 것 같다. 어제 그제만 해도 종일 집에서 글을 쓰고 있으니, 신문 보급소
에서 찾아와 신문을 구독하고 백화점 상품권과 선풍기를 받아가라고 판촉
활동을 했다. 작년에는 아파트 앞에서 번쩍번쩍 빛나는 자전거를 받으라
더니…. 나는 석춘 씨가 소설을 썼다는 기사를 보면서 '언론개혁이 너무
더디니까, 막간을 이용해서 소설을 쓰시나?' 하는 생각을 했다.

　내가 여기에 그를 쓰는 건 그가 소설가여서가 아니라 언론노동자로, 언
론 개혁의 주인공으로 쓴 거니까, 그의 소설을 한 권도 읽지 않았어도 양
심의 가책을 받진 않는다.

　최재봉 기자가 <한겨레>에 손석춘 씨의 소설을 소개했다. 기사를 통해
그의 문학세계를 살펴본다.

언론인 손석춘(<한겨레> 논설위원) 씨가 새 장편소설 『마흔아홉 통의 편지』(들녘)를 내놓았다. 『아름다운 집』과 『유령의 집』에 이어 벌써 세 권째다.

이번 작품은 한국에서 스웨덴으로 입양된 '홍련화'를 주인공으로 내세운다. 입양서류와 낡은 나침반이 전부인 단서를 근거로 자신의 출생 비밀과 부모의 정체를 추적해가는 과정이 다루어진다. 그 과정에서 홍련화는 서울과 평양을 번갈아 방문하며 남북 양 체제의 역사를 학습하고 현실을 비교할 수 있게 된다.

자세한 정황은 역시 소설을 통해 확인해야 하겠지만 추적의 결과를 당겨서 소개하자면, 홍련화의 부모는 양쪽 모두 김일성종합대 출신 빨치산인 것으로 밝혀진다. 특히 아버지는 빨치산 사령관 이현상의 최측근 호위병으로 그의 의문의 죽음에도 깊숙이 관련되어있는 인물로 그려진다. 소설에는 련화의 아버지 '최천민'이 저승의 이현상 사령관에게 보내는 세 통의 '보고서'가 포함되어있다. 이와 아울러 홍련화가 북쪽에 가서 만나는 당 간부들이 건넨 책과 그쪽 신문 기사 등이 원문 그대로 소개되면서 빨치산과 북쪽 체제 사이의 관계를 다시금 반추해보게 한다.

『아름다운 집』에서도 그러했지만, 이번 소설에서도 작가는 북쪽 체제가 애초에 표방했던 사회주의적 이상을 저버린 채 과도하며 비이성적인 개인숭배로 치달았다는 문제의식을 표나게 드러낸다. 전쟁 이후

148

남쪽 땅에서 살아남은 최천민은 북에서 자살한 『아름다운 집』의 주인 공 리진선에 대응하는 인물이라 할 수 있다.

소설 속에서 홍련화와 한민주는 둘 다 소설가의 꿈을 지닌 인물로 그려지는데, 두 사람이 대화하는 가운데 한민주가 "잃어버린 진실을 발견하고 순결한 감성을 되찾는 일, 소설의 힘은 그곳에 있다고 생각하오."(206쪽)라는 견해를 밝히고 그에 대해 홍련화가 "소설이 그럼 수단이란 말인가요?"라고 반문하는 대목은 시사적이다. 언론인 출신 소설가 손석춘 씨에게 소설은 기사나 칼럼과 반드시 배치되는 그릇만은 아닌 것이다.

손석춘 씨는 요즈음 계속해서 <한겨레> 유레카에 칼럼을 쓰고 있는데, 독재자 박정희에게 사살당한 인혁당, 통혁당, 남민전 전사들의 이야기이다. 2005년 11월 4일 칼럼의 제목은 '영혼의 모독'이다.

"사형은 영혼의 모독이다." 러시아의 문호 도스토예프스키의 말이다. 작가는 <백치>에서 토로한다. "선고문이 낭독되면 이젠 죽음이 기정사실화합니다. 바로 여기에 무서운 고통이 있습니다. 이보다 더 가혹한 고통은 세상에 없습니다."

상상이 아니었다. 절절한 체험이다. 서른여덟 살 때다. 사회주의 혁명 사상을 논의하던 모임에 참여했다는 이유였다. 체포됐다. 사형선고를 받고 사형대에 올랐다. 집행하던 순간이었다. 니콜라이 1세의 특사가 내렸다. 시베리아 유형에 처했다.

황제 아닌 대통령이었다. 박정희가 '통치'하던 대한민국의 36년 전 오늘은 달랐다. 11월 4일. 한 경제학자가 서울 서대문 구치소 사형대에 앉았다. 차르의 톨레랑스조차 박정희는 없었다. 마흔넷의 준수한 경제학자는 이슬로 사라졌다.

권재혁. 1925년 영남에서 태어났다. 서울대를 졸업하고 미국에 유학했다. 조지타운대에서 경제학 박사과정을 이수했다. 조국에서 4월혁명이 일어나자 학업을 중단했다. 귀국했다. 대학 강단에 섰다. 경제학을 가르치고 실천했다. <한국노동자신문>의 기자로, 경제문제연구회 상임위원으로 활동했다.

중앙정보부(현 국정원)가 움직였다. 출중한 경제학자를 '남조선 해방전략당'의 당수로 발표했다. 같은 사건으로 복역한 통일운동가 고 김병권은 증언했다. "정보부가 당 이름을 지었다." 권재혁이 쓴 '남조선 해방의 전략과 전술'이라는 논문에서 따왔단다.

남조선 해방전략당은 인민혁명당, 통일혁명당과 함께 박정희 독재시기의 '비합법 정당'이다. 아니 정당 추진세력이었다. 박정희는 세 당의 '지도부'에게 모두 사형으로 답했다.

세 당의 살아남은 사람들은 굽히지 않았다. 힘 모아 세운 게 바로 남조선 민족해방전선이다. 지도자 이재문과 신향식, 그리고 앞서 사형된

권재혁, '모독'당한 세 영혼은 지금 어디 있을까. 편히 잠들어 있을까.

　손석춘, 그는 계속해서 해방 세상을 앞당기기 위해 목숨을 바친 의로운 이들에 대한 연민의 끈을 놓지 않기에 어떤 글에서든지 그들과 더불어 역사를 이끌어갈 것이다.

시 인 이행자가 만난 이은봉과
홍성식

이은봉

1953년 충남 공주 출생.

숭실대학교 대학원에서 문학박사학위를 받았다.

1983년 〈삶의 문학〉 제5집에 평론 『시와 상실의식 혹은 근대화』를 발표하고,

1984년 창작과비평사 17인 신작시집 『마침내 시인이여』에

『좋은 세상』 등을 발표하면서 작품활동을 시작하였다.

지은 책으로 시집 『좋은 세상』, 『봄 여름 가을 겨울』, 『절망은 어깨동무를 하고』,

『무엇이 너를 키우니』, 『내 몸에는 달이 살고 있다』가 있고

평론집 『실사구시의 시학』, 『진실의 시학』, 『시와 생태적 상상력』 등이 있다.

현재 민족문학작가회의 이사, 광주대학교 문창과 교수로 재직하고 있다.

이은봉과 홍성식은 광주대학교 문예
창작과에서 만난 사제지간으로 둘 다 시인이다. 이은봉은 지금도 그 학교
교수로 있고, 홍성식은 현재 <오마이뉴스> 기자이다.

이은봉은 지천명이 지났어도 늘 어린이처럼 순수하다. 정년퇴임하시고
얼마 안 있어 돌아가신 그의 아버지도 교육자셨는데 그래서 그런지 이 친
구는 참 성실하게 산다. 집안의 맏자식으로, 형제를 둔 가장으로 그는 책
임감이 강하고 장모님을 병원에 모시고 다닐 정도로 효성도 지극하다.

어느 해인지 기억은 잘 안 나지만, 아마도 1990년대 중반쯤이었을 거다.
엄마랑 풍납동 서울아산병원에 갔다가 이은봉을 만났다. 장모님이 단아
한 선비 같은 인상이었다. 우리 엄마는 그 친구가 장모님을 모시고 병원에
다니는 게 부러웠던지 돌아오는 차 안에서 내게 말했다.

"아까 그 작가는 인상도 좋고 성실하게 생겼더라. 마음도 착할 것 같고."

"엄만 내가 언제 안 착한 사람하고 노는 거 봤어요? 정말 성실하고 좋은 친구예요. 착한 사람이니까 장모님 모시고 병원에 다 오는 거죠."

2002년 4월, 이은봉은 자신이 펴낸 시집 『내 몸에는 달이 살고 있다』 면지에 "산나리 꽃의 마음으로"라고 써서 내게 선물했는데 「시인의 말」에 이렇게 써있다.

강물은 늘 이렇게 제 몸을 뒤척이며 흐른다. 강물은 더이상 물고기를 앞뒤로, 옆으로 떠밀지 못한다. 강물에게는 앞과 뒤, 옆이 없다. 그냥 흘러갈 따름이다.

언제나 물고기는 어제와 오늘과 내일을 한몸으로 살고 있다.

지난 1980년대 한때 오직 순수한 서정만으로도 시가 될 수 있는 시대가 오리라, 믿은 적이 있다. 지천명이 다 되어서야 순수한 서정 속에선 물고기가 살지 못한다는 것을 깨닫는다.

모든 물고기는 잡종이다. 눈꺼풀이 없어 끝내 눈을 감았다 뜨지 못하는 버들붕어까지도!

이은봉은 민족문학작가회의 사람 중에서 내가 속에 있는 얘기를 다 털어놓는 유일무이한 동료이다. 물론 이은봉도 내게는 비밀이 거의 없다. 이 친구는 내게 아무리 잘 해줘도 덕 볼 것이 없다는 걸 뻔히 알면서도, 먹여주고 재워주고 차비까지 손에 쥐어준다. 그래서 난 속상한 일 때문에 술에 취하면 투정을 부리기도 한다.

　"누나! 누나는 왜 맨정신으로는 전화하지 않고, 만날 취해서만 전활 하냐?"

　"좋아하시네! 맨정신에 내가 그대한테 무슨 전활 하냐? '잘 있냐?' '잘 있다' 하면 끝나는데, 안 그래?"

　「시인의 말」을 읽으니 마음이 짠했다. 시집의 내용은 마음이 온통 환해지는 시편들로 이루어져 있는데도 내 마음은 아니었다. 문학평론가 홍용희는 "이은봉의 시와 삶은 바쁜 욕망의 '재빠른 속도'를 저만치 멀리하고, 여울목 돌아서다 '발목 부어' 주저앉아 쉬고 있는 물살의 하얀 반짝임을 자신의 시간 리듬으로 체화하고 있다. (…) 감나무와 돌멩이 하나까지도 그에게 말을 건네고 자신의 내밀한 존재의 심연을 반짝 드러내 보여주고 있다. (…) 나는 그가 추구하는 나직하고 느린 여유와 무욕의 순정을 향해, 그의 화법을 빌려 '보아라 선이다 신의 섭리다'라고 말하고 싶다."라고 얘기하지만….

능소화, 덩굴꽃

몇 안 남은 이파리들 겨우 매달고
개가죽나무, 비쩍 마른 모습으로 서있네

능소화, 덩굴꽃
아등바등 타고 감고 기어오르네

이것들, 무엇이든
타고 감고 기어올라 가야지

악착같이 능소화, 들뜬 꽃
깡마른 개가죽나무 끌어안고 놓지 않네

황금빛 종소리로 울려 퍼지는
능소화, 환한 꽃

토닥토닥, 화장한 얼굴
……해맑은 목소리, 곱기도 해라

개가죽나무 가난한 이파리들
숨 헐떡이며, 입 딱 벌린 채 내려다보고 있네.

『내 몸에는 달이 살고 있다』 중에서 내가 제일 좋아하는 시는 「능소화,
덩굴꽃」과 「아흐, 치자꽃 향기라니!」이다.

아흐, 치자꽃 향기라니!

허겁지겁 몇 숟가락 점심 떠먹고 마악, 일터로 돌아오는 길, 환하게
거리를 메우는 것들, 배꼽티를 입고 날렵하게 여기저기 다리 쭈욱 뻗
는 것들, 백양나무 하얀 우듬지들, 그것들 아랫도리 후들후들 흔드는
것들

석간을 사기 위해
잠시 머뭇거리고 서 있는데
정신들이 없군 우르르 흩어 퍼지는
아흐, 치자꽃 향기라니!

흠흠 말 더듬으며 돌아보니 원시의 숲들, 신비를 만들며 솟구쳐오르
는 생령 덩어리들, 그렇지 풀무질로 커 오르던 고향 마을 유년의 에너
지들, 시원도 하지 킁킁, 코 훌쩍이며 몇 숟가락 점심 떠먹고 마악, 일
터로 돌아오는 길

석간을 사기 위해
잠시 머뭇거리고 서 있는데
정신들이 없군 우르르 뿜어져나오는

하여튼 저 젊어터진 향기라니!

『길은 당나귀를 타고』후기에서 이은봉은, 지금까지의 생애에서 가장 고통스러웠던 시기에 쓰여진 시들이지만 자신의 운명이 만들어온 이 시기의 고통을 미워하지 않는다고 역설적으로 썼다. 평지 위의 아스팔트도 10년을 버려두면 묵정밭이 되는 것처럼!

詩

나를 괴롭히는 건 시인이 아냐 빈 깡통처럼
시끄러운 시인의 잔소리가 아냐
아직도 나를 지옥의 구렁텅이에서 헤매게 하는 건
신화를 만들다 술독에 코를 박고 죽은
늙은 시인 따위가 아니라니까 이미 감정 따윈
죄 잘라냈다구 수염 자르듯이 면도날로
한숨, 슬픔, 분노, 짜증, 불안, 초조 이런 짜샤들이 수시로 쳐들어와서
괴로운 게 아니라니까
정말로 나를 괴롭히는 건 시야
한자로는 詩라고 쓰는 놈 있지
파충류처럼 제멋대로 온몸 꿈틀거리는 놈

아주 징그러운 생물이라니까

봄바람에 취해 비몽사몽이라도 되면 아니, 조금만 약한 꼴을 보여도,

무슨 천둥 번개처럼 함부로 쳐들어오는 폭탄 덩어리라구

날카로운 비수로 가슴을 째고

예고도 없이 마구 빠져나온다니까

군데군데 피를 묻힌 채

도대체 이 녀석은 시도 때도 없다니까

하필이면 왜 작고 여린

내 가슴을 째고 세상에 나오려고 하는지,

몰라 다른 사람의 강하고 튼튼한,

실하고 넉넉한 가슴도 많은데, 이 지겨운 말 덩어리는, 저 혼자 굴러

다니는 멀쩡한 소리 덩어리는, 정말 싫다니까

제가 무슨 짬밥 높은 헌병대 특무상사라도

되는가 참으로 무지막지하기는!

더는 아프고 싶지 않다니까 녀석의

참나무 몽둥이로 뒤통수를 콱! 맞고 싶지

않다니까 갑자기 숨이 턱, 막히면

아무런 생각 없이 후다닥 도망치고 싶다니까

정말 이제 시는 싫다구 제발 괴롭히지 말,라니까 그냥 한 잎 낙엽이고,

싶다니까 한 포기 조용한 바람이고, 싶다니까.

이은봉의 「詩」를 읽고 며칠 내리 가슴 한 귀퉁이가 얼마나 시렸는지 모른다. 심성이 참 고운 그에게 몇 해째 견뎌내기 힘든 고통이 이상하게 따라다녔다. 아픈 만큼 성숙한다는 얘기가 무색할 정도로 힘든 세월을 잘 이겨낸 그에게 앞으로는 기쁜 소식만 날아들기를 바라면서, 역설적이게도 나는 「또다시 얼어붙는 강가에서」를 읽는다.

강물은 왜 오늘 또다시 얼어붙는 것인가
지난겨울엔 어머니의 낡은 척추를 얼려,
부러뜨려 얼마나 마음 졸였던가

무슨 심술로 강물은 넘치는 제 사랑 다 떨구고
오늘 또다시 하얗게 얼어붙는 것인가

차라리 내 아랫도리나 얼려,
고드름처럼 녹아버리게, 부러져버리게 하지
강물은 왜 또다시 자꾸 얼어붙는 것인가

지난 겨울엔 아내의 젖가슴을 얼려,
깨뜨려 얼마나 많은 밤 잠 못 이루었던가
무슨 억하심정으로 지금 또다시

아픈 제 발목 푹푹 꺾고 있는 것인가

끝내는 아버지의 숨골마저 얼려,
터뜨려 가슴 온통 슬픔으로 채우고 있는가

넘쳐흐르던 풍년의 기억 다 씻고
무슨 꼬라지로 강물은 이 밤 또다시
차가운 눈초리로 노려보고, 째려보고 있는 것인가

호시탐탐 매서운 손발톱 내리깔고 있는 것인가.

아버지꽃

홍성식

아이는 울며 돌아왔다
다그치는 나에게 학교 안 동백나무가 베어졌다는
의외의 대답
망연자실, 묵묵부답
먼 진원지에서 서러움이 괘종시계처럼

홍성식

1971년 부산 출생.

광주대학교 문예창작학과를 졸업했다.

1999년 〈노동일보〉 문화부 기자로 언론계에 첫발을 내딛었고.

2000년 2월 〈오마이뉴스〉 창간 작업에 참여했다.

〈오마이뉴스〉 문화부 기자를 거쳐 지금은 경제부 기자로 활동중이다.

문학 무크지 〈시경〉에 시 「끝이다, 아니 시작이다」 외 3편을 발표하면서

시단에 얼굴을 내밀었다.

똑딱거렸다

아 · 버 · 지

눈썹에 이슬 맺히는

자욱했다 물안개길

불 맞아 웅크린 짐승의 눈빛으로

선홍색 동백은 점점이 반짝였다.

눈물 덜 마른 얼굴로 잠든

꽃 그림의 셔츠만 찾는

기르는 고양이와도 얘기를 나누는

식물 같은 아이

나의 아이

세상 젤 서러운 꽃이라던

잠시 한눈이라도 팔라치면

시샘하듯 목을 꺾는 생명 같은,

어린 목숨 같은 꽃이라던 동백

아버지는 흩어진 생명

목숨의 조각들로 목걸이 만들어

날 무등 태웠었다

아이의 꿈 속에서 나무는 살아날까

평화로운 잠으로 나도 가고 싶건만

다시 아기가 된 아버지의 응석에

모조청자는 푸른 비명으로 깨어지고

아버지

당신 닮은 저 아이는,

저 아이의 아버지인

나는

2005년 5월 화남출판사에서 출간한 홍성식의 첫 시집 『아버지꽃』에 실린 것이다.

홍성식은 경상도 사투리를 쓰고 큰 키에 얼굴도 길어서 보는 이로 하여금 시원스런 맛을 주는데, 나는 이 친구를 징하게 싫어했다. 처음 만난 곳이 지방의 문학행사에서였는데, 그 친구는 안하무인인데다가 술을 쉬지도 않고 마셔댔다. 나도 애주가지만, 끊임없이 술 마시며 떠드는 사람은 좋아하지 않는다.

시집 표지에 담배 피우는 옆모습을 대문짝만 하게 실은 걸 보면서 참으로 그답다는 생각을 했다. 이 친구는 이제 겨우 30대 후반인데도 어찌나 보수적인지 때로 사람을 질리게 한다.

"너 내 앞에서 꺼져! 나는 기자라면 딱 질색인 사람이니까."

"하 참, 선생님도. 왜 그러십니까?"

홍성식은 언젠가 내 생일 모임에 이승철(시인), 김규철(도서출판 바보새 사장)과 함께 꽃다발을 들고 성큼성큼 걸어 들어와 "생일 축하합니다. 생일 축하합니다. 사랑하는 이 선생님 생일 축하합니다." 하고 노래를 불렀다.

나라면 1백 번 죽었다 깨어나도 못할 일이다.(아무리 성격이 좋아도 그렇지, 만날 때마다 너만 보면 술맛 떨어진다는 사람에게 말이다) 나는 그때부터 이 친구의 성격이 부러워 이 친구를 좋아하기 시작했다. 나중에 술 마실 때 이 친구가 얘길 했다.

"이 선생님 마음에 들긴 무지 어려워요."

지난 6월 1일, 『아버지꽃』 출간을 기념해 인사동 '부산식당'에서 안성금(화가), 김규철, 박정호(화가), 홍성식, 나 이렇게 다섯이서 조촐하게 모여 저녁을 먹었다. 홍성식은 언제 봐도 활력이 넘쳐, 함께 있으면 나까지 저절로 활력이 넘치고, 더불어 무슨 좋은 일이 생길 것 같은 착각에까지 빠지게 한다. 허나 그도 자의로 '가택연금' 당하던 때가 있었다.

가택연금

누구도 반겨줄 이 없다는

뒤늦은 깨달음에
두 평 남짓 좁은 방을
걸어 잠그는 일이 잦아졌다

낮밤을 모르게 울어대는 형광등
그 아래 끝끝내 혼자되어 남기 싫어
소금 뿌려진 환형동물의 형상으로 뒤채었던
몸부림의 시간들
할 일을 찾지 않아
할 일이 없는 사람들을
세상은 흔들어 깨우지 않았다
그들의 서툰 반역, 얼치기 칼부림에도
쉬이 무너질 과장된 견고함임을
스스로 알고 있었기에

사흘이고, 나흘이고 마냥 깔려있던
이불 속에서, 서른 번, 마흔 번 몸을 뒤채며
백 번에 천 번을 모질게 마음 달구던
그 뜨거움만으로 문을 밀고 나가
여전히 시린 강들에 흐린 눈가를 씻고

감금된 모든 사랑 석방하고팠던

그날, 자의의 가택연금이여

절창이라고 생각되는 그의 시 「여자」로 이 글을 끝마친다.

여자는 남자보다 강하다

달마다 저렇게 많은 피 흘리면서도

하얀 얼굴로 살 수 있다니

강민

1933년 서울 출생.

동국대학교 국문학과에서 수학했다.

1962년 〈자유문학〉을 통해 문단에 등단했으며,

시동인지 〈현실〉에 참여했다.

도서출판 학원사 편집국장, 금성출판사 편집국장 · 상무이사를 거쳐

도서출판 '무수막'을 세웠다.

시집 『물은 하나되어 흐르네』를 출간하여 윤동주 문학상 본상을 수상했다.

2002년에 시집 『기다림에도 색깔이 있나 보다』를 출간했다.

강민 선생님은 시인 선배 중에서 내가
제일 좋아하고 존경하는 분이고, 성래운 선생님은 강민 선생님이 '참 좋은
분'이라고 칭찬하시는 걸 들었기에 함께 쓰고 싶었다. 먼저 2002년 4월에
출간된 『세월의 언덕에서(강민 시인 고희 기념문집)』에 실린 내 글을 소개한다.

마을 앞 정자나무처럼!

이행자

여름에는 서늘한 그늘처럼
우리를 귀히 여겨주시고
겨울에는 벽난로처럼 따스한 분위기로
우리를 포근히 감싸안아 주시는
강 민 선생님!

늘 푸르름의 상징인 당신께서 벌써 고희를 맞으시다니요…

"카-아!"

소주를 첫 잔 마실 때마다, 좌중에게 분위기를 돋구워주시는 그 시원

스런 "카-아!" 소리는 엊그제 인사동에서 만났을 때도 여전히 청년의

소리였습니다.

선생님!

선생님의 시집 『물은 하나 되어 흐르네』를 다시 읽으면서, 새삼스럽

게 저는 '글은 곧 사람이다'라는 사실을 확인하고 있습니다.

아침

　　　　　　　　　　　　　　　　　　　　　　강민

아가의 빛나는 눈에

아침이 맑게 이슬을 드리우면

아빠는 다시 힘을 내어 일터로 가네요

고사리손 눈에 암암 흔들리는 기쁨이

어두운 콘크리트 벽에도 함빡 웃음꽃을 피우네요

비록 엎어진 활자처럼

아빠와 붓끝 하나로 쉽게 고쳐지지 못하는

멍든 인생이지만

아가의 웃음, 빛나는 눈에

해와 달이, 별이 담기고

꿈결 같은 세월이 흘러

아빠는 늙어도

아빠는 기뻐요

언젠가 서본 시골길 갈림길

달구지 지난 자국에 숱하게 피었던

들꽃의 의지로

아가와 아빠는, 오늘도 하나예요

아니, 내일도 모레도 하나예요

자라고 시드는 일

그 모두가 하나예요

꽃잎에 반짝이는 이슬이

아가의

아빠의 눈에 머무는 아침.

(1969년)

선생님!

자유와 정의를 소중하게 생각하는 당신께서 4 · 19, 5 · 16을 거쳐 살
아오면서도 어떻게 이렇게 동시처럼 해맑은 시를 쓰실 수 있는지 의
아해 하다가도, 한편 생각하면 바로 이런 동심여선의 마음이 바로 선

생님의 오늘을 있게 한 원동력이 아닐는지요?…

물론 전쟁의 참화 속에서 겪은 아픔이야 누구나 다 그 시절에 태어난

업보이지만, 선생님이 겪은 그 고통과 억울함을 어찌 감히 제가 얘기

할 수 있을까요….

가끔 선생님이 결핵으로 저승의 문턱까지 다녀오신 얘기를 들을 때마

다 저는 생각했습니다.

"망망대해처럼 넓고

깊은 마음이 어디에 숨어있을까?

했더니…

죽음에 이르는 골목에서 터득하신

그 아픔이었구나!

모든 것을 다 알고 계시면서도

늘 모르는 척하시는

그 겸손함도 그렇고…"

무제

강민

당신들의 땀으로

길이 열리고

꿈이 영글고

새벽은 동터 오겠지

당신들의 땀으로

수목이 자라고

강물은 흘러 바다로 가고

아이들의 웃음꽃 피겠지

당신들의 땀으로

그들은 비만하고

하늘과 땅을 누비고 파헤치고

아, 오늘도 청명한 푸른 하늘 밑

당신들은 땀만을 흘리겠지.

(1982년)

고난과 치욕의 유신시대와 군사독재 시절에도, 언제나 당신은 동지들 편에서 경비를 내놓고, 직장이나 학교에서 쫓겨난 사람들을 수없이 거두어주는 바람에 온갖 고초를 다 겪었건만… 스스로 앞장서지 못했다는 괴로움으로 늘 술잔에 자책을 담고, 울분을 담아 마시면서도… 언제 틈을 내어 이렇게 좋은 시를 쓰셨는지요?

어느 시인의 시처럼, 그 정신이 정의로워 불의를 미워하고, 그래서 때로는 반골 같은 기질을 보이지만… 죽어도 반골 될 수 없는 부드럽고 마음 약한 사나이가 바로 '강민'이라는 사실을, 선생님도 알고 계시는지요?

선생님의 시 중에서 제가 제일 좋아하는 「노을녘」을 아름답게 낭송해

드리면서 이 글을 마칠까 합니다.

선생님!

늘 지금처럼 아름다우신 모습으로 저희들 곁에 오래오래 서 계셔주시

기를 천지신명께 빌겠습니다.

노을녘

강민

그대! 가리라 한다

하늘 끝 여무는 그리움

나 모른다 하고

그대 가리라 한다

봄 · 여름 · 가을 · 겨울

사철의 가파른 고개

여물져 소리치는 강물

그 너머엔

멈추어 한몸 될 곳 있는가

그대 어딜 가시려는가

오늘도 가리라 한다

가리라 한다

(1988년)

선생님께서는 『세월의 언덕에서』 발문을 대신하여 "'지각'과 '중퇴', 게으름"에 대한 얘기를 해주셨습니다.

다른 고장에는 벌써 꽃이 만발했다는 소식인데, 내가 살고 있는 양평 산촌에서는 이제서야 매화가 트고 산수유가 노랗게 풍경을 물들이고 있다. 개나리, 진달래는 보이지도 않는다.

지난 봄, 선생님 댁을 방문했을 때, 사모님은 강의 때문에 외출하시고 선생님 혼자 계셨는데 뜰에 선생님을 닮은 모란이 활짝 피어있어 기분이 얼마나 화사해졌는지 모른다. 시인의 뜰에서 모란을 만나니, 저절로 김영랑의 시구 "모란이 피기까지는 나는 아직 나의 봄을 기다리고 있을 테요." 도 떠올랐다. 선생님은 인사동에 나가 좋은 벗들을 만나고 돌아오는 기차에서 주로 시를 쓰신다. 사모님도 작가신지라 아침마다 선생님께 시를 낭송해드린다고 하니, 대한민국에서 이렇게 부자로 사는 부부는 없을 거다. 등단한 지 무려 30여 년 만에 첫 시집 『물은 하나되어 흐르네』를 상재하신 것에 보복(?)이라도 하시는 듯 아주 열심히 쓰시기 때문에 아마도 올 겨울

아니면 내년 봄에 세 번째 시집을 상재하실 거라고 확신한다.

돌이켜 보면 내 인생도 그런 것 같다. 어떤 꿈을 가지고 있다가도 다른 이들이 다 그것을 갖고 있음을 안 후에야, 그것이 지천으로 주변에 깔려있다는 것을 깨닫고 그 꿈을 놓는다.

그래서 나는 모든 면에서 '지각생'의 신세를 면치 못했고, 끝에 가서는 매듭을 제대로 맺지 못하는 '중퇴생'을 되풀이했다.

우선 학교가 그랬다. 제대로 졸업한 것은 일제시대의 초등학교뿐이었는데, 그것도 전쟁 때라서인지 사진 한 장 없다. 중학교(구제 6년제)는 6·25로 졸업 없이 공군사관학교에 진학, 그러나 이 공사도 3년 만에 퇴학, 다시 동국대학에 들어갔는데, 이것도 질병과 가난으로 중퇴…

매사 이렇다. 게으르고 굼떠서 줄서기에는 늘 지각이고, 판단이 약삭빠르지 못해 학교고 직장이고 문단이고 항상 뒤쳐져 따라갔다.

그래서 1962년에야 문단이라는 데를 나왔고 시를 썼으나, 같은 이유로 등단 30년만에야 첫 시집을 내고, 이제 고희의 나이에 두 번째 시집을 낸다. 얼마나 게으른 행보인가.

헌데, 이렇게 이룬 일 없이 나이만 먹은 내 행보를 기념하여 주위의 친구들이 기념문집을 내준단다. 정말 송구하기 짝이 없다.

어쩌다 양평 산골까지 흘러왔더니, 고장에 먼저 와 정착한 소설가 백시종 형과 한국화가 홍용선 화백의 발의로 서울의 소설가 김문수, 이

상문, 시인 김병만, 이길원, 출판인 전영호, 권오현 등 제형이 기어이
일을 만들었다. 거기에 양평백운시문의 시인 신봉균 사장과 직원 여
러분, 그리고 '참 좋은 생각' 강군종 사장의 협조와 공이 크셨던 걸로
알고 있다.

그저 얼떨떨한 기분이다. 정말 내가 일흔이 되었나 하는, 아무래도 믿
기지 않는 현실에 눈만 껌뻑이게 된다. 이런 것은 얼마든지 지각을 해
도 괜찮을 듯한데, 세상은 그것을 용납할 수 없는 모양이다.

어차피 어디선가 떠나 여기까지 온 인생길 천천히 갈 작정이다. 얼마
든지 좋은 길동무들이 있지 않은가. 나이 먹고 주름 잡히고 서로 미워
하고 사는 세상일은 기어이 모두 사양하고, 그야말로 게으름 피우며
걸어갈 작정이다.

그것이 비록 아무런 보장도 없는, 성공의 길과는 아득히 먼 길일지라
도…

2002년 3월

양평 동오리 시국헌에서

 시대의 불꽃으로 살다가신 성래운 선생님의 시낭송을 처음 들은 것은
1985년 <민중교육> 창간호 출판기념회에서였다. 종로 2가 YMCA 뒤에
있는 고대 교우회관에서 <민중교육> 출판기념회를 열기로 했건만 행사
장 측에선 현관문조차 열어주지 않았다. 웅성웅성 모여든 사람들은 어디

성래운

1926년에 충남 공주 출생.

1989년 작고.

서울대학교 교육학과를 졸업했다.

1954년부터 성균관대학교에서 문리과 교수를 지냈다.

1963년에는 연세대학교 교육학과 교수로 재직했다.

1974년 민청학련 사건으로 구속된 교수와 학생들의 석방을 위한

'교수기도회'를 열었다가 1976년 해직되었다.

1977년 해직교수협의회 회장, 한국인권운동협의회 부회장으로 일하다

1978년 '우리의 교육지표' 필화 사건으로 구속되었다. 이듬해에 석방되었다.

1980년 연세대학교 교수로 복직하였고, 민주교육 실천협의회 공동대표 등을 지냈으며,

1989년 광주 경상대 학장으로 취임하였으나 그해 백혈병으로 별세하였다.

지은 책으로『새교육개론』,『스승은 없는가』,『다시 선생님께』,『한국교육의 증언』,

『인간회복의 교육』,『분단시대의 민족교육』외에

교육소설집『사랑을 위한 반역』등이 있다.

로 가야 할지 참 아득했다. 아무도 없는 벽에 대고 얘기할 수도 없고….

주최 측인 실천문학사가 서대문 쪽에 있었기에 서대문 근처 어느 삼겹살집에서 간소하게 출판기념회를 마치고, 삼겹살을 구워 먹으며 소주를 마셨다. 그때는 늦봄 문익환 목사님이 옥중에 계실 때가 아니어서 문 목사님과 박용길 장로님(문익환 목사님 사모님)이 함께 참석하셨다. 나는 노릇노릇하게 잘 구워진 것을 박 장로님 앞에 밀어놓으면서 "사모님, 드셔요." 했더니, 문 목사님이 "이 사람은 야만인이라 삼겹살도 덜 익은 걸 좋아해요."라면서 활짝 웃으시는데, 그 모습이 꼭 천진난만한 어린애 같았다.

나는 이날 밤 성래운 선생님의 시낭송에 완전히 넋을 잃고 말았다.

늦봄의 「꿈을 비는 마음」, 고은의 「화살」, 양성우의 「겨울공화국」 등 끝도 없이 이어지는 선생님의 그 구성지면서도 가슴을 후벼파는 시낭송 때문에 그날 그때의 시간들을 묶어놓고 싶었다. 다음날엔가 지금은 없어진 대학로 논장서적에 가서 시낭송 테이프를 사다가 마르고 닳도록 들었고, 나중에 박용길 장로님께도 사다드렸다.

성래운 선생님은 연세대학교 동산에 윤동주 시비를 세운 분인데, 1968년 3월 연세대학교 문과대 학장으로 취임하실 차례가 돌아오자 10여 년 동안 윤동주 유족이 모은 시비 건립기금을 인계받아 이 일에 착수한 것이다.

그의 시집 『하늘과 바람과 별과 시』를 수험생처럼 열심히 읽고, 문학평론가들의 글도 정독했지만 그럴수록 답답함만 더해가고 있을 때, 마침 늦봄을 만나게 되었다고 한다. 윤동주의 사람됨이 손에 잡히지 않던 성 선생님께서는 늦봄을 만나, 그에게서 '살아있는 윤동주'를 찾았다고 한다.

현실의 억압과 싸워나간 민족열사와 민주투사를 스승으로 삼은 그는 '사람다운 삶'을 살 수 있는 세상을 만드는 것을 교육의 사명으로 알았다.

소설가 윤동수는 민주화운동기념사업회 기관지 <희망세상>(7월호)에서 "바지저고리에 두루마기를 입고 제자를 맞으러 씩씩하게 걸어가는 그가 그리운 이즈음"이라며 성 선생님을 회상했다.

성 선생님은 연세대학교 학생처장으로 있을 때 학생운동에 앞장선 학생을 제적시키라는 명령을 듣지 않았다. 열 시간 넘게 회의를 하면서도 제적은 부당하다는 주장을 굽히지 않았다. 여러 기관에서 협박전화를 받았으나 그는 끝내 학생을 쫓아내는 데 반대했다. 그리고 1974년 민청학련 사건으로 김찬국, 김동길 교수가 구속되자 동료 교수와 구속 학생들의 석방을 기원하는 '교수 기도회'를 열었다.

양심적인 교육자로서 신념을 굽히지 않던 선생님은 결국 1976년 교수 재임용에서 탈락했다. 연세대학교 제자인 김학민은 성 선생님을 순진한 사람으로 기억한다고 한다.

"동료 교수들이나 민주화운동을 함께했던 이들이 구속되면 잠을 못 이뤘어요. 안타깝다기보다는 그들이 대단한 일을 했다고 보는 거지요. 자신이 함께하지 못한 것을 미안하게 여기는 겁니다. 그리고 민중문화운동협의회 고문으로 오적, 똥바다 등 판소리를 몰래 녹음할 때도 주저 없이 나섰지요. (내가 마르고 닳게 들었던 그 테이프 앞면에는 성 선생님의 시낭송이 실려있고, 뒷면에는 위의 판소리들이 들어있었다) 자신의 체면을 지켜야겠다는 생각은 안 하고 무조건 옳은 일이나 옳은 사람이다 싶으면 도왔어요. 교수로서 폼 잡는 일은 전혀 없는 순수한 분이었지요."

성 선생님은 해직교수협의회 회장을 하면서 이부영, 김종철 등 동아일보 해직기자와 학생운동을 하다가 쫓겨난 제자들과 어울렸다. 그 무렵 그를 살맛나게 하는 것이 예의 그 시낭송이었다.

"대학에서 쫓겨났을 때는 이제 내가 할 일은 없다고 생각했는데, 요새는 정말로 내가 할 일을 하고 있다는 생각이 드오. 대학으로 돌아가는 일이 조금도 중요하지 않다는 생각이 드는구려."

선생님은 법정에서도 "죽는 날까지 하늘을 우러러 / 한 점 부끄럼이 없기를, / 잎새에 이는 바람에도 / 나는 괴로워했다."라고 낭송했다.

"한마디로 정열 덩어리야. 나이를 먹어도 언제 어디서든 요구만 하면 타악 분위기를 잡고 시를 읊는데 정말로 참…. 시인들은 시낭송하면 분위기를 못 내는데, 그가 "여보게 / 우리들의 논과 밭이 갈아 앉으며 / 한꺼번에 한꺼번에 죽어가는 것을 보았는가 / 총과 칼로 사납게 윽박지르고 / 군화발로 지근지근 짓밟아대고 / 밟아대며 조상들을 비웃어대는 / 여보게 / 지금은 겨울인가 한밤중인가" 하고 「겨울 공화국」을 감정 잡아 읊어대면 그야말로 양성우 지음, 성래운 완성이라고 했지요.

그분은 감옥에서도 그랬어요. 감옥 갔다 온 학생들이 그러더구만. 첫날부터 검정 고무신에 죄수복을 입은 채 감옥이 쩌렁쩌렁 울리도록 시낭송을 했다지."

송기숙 선생의 증언처럼 높낮이가 아주 알맞게 곁들여진 선생님의 힘있는 시낭송은 어느 자리에서건 청중을 사로잡았다. 원고 없이도 단 한 자도 틀리지 않고 낭송했다. 때로는 낭송하기 좋게 시를 약간 잘라내거나 살짝 덧붙였는데, 그렇게 고쳐 낭송한 게 훨씬 생생하게 다가와 감동을 안겨주었다.

선생님은 강연을 했다 하면 무려 두 시간을 시낭송으로 채웠다. 한용운의 「복종」, 이육사의 「광야」, 윤동주의 「서시」, 양성우의 「겨울공화국」, 문익환의 「꿈을 비는 마음」, 정희성의 「불망기」 등 40여 편의 시낭송에 곁들인 해설은 그야말로 우리 민족의 수난사였다.

위 글을 쓰고 보니 전·진·상 교육관 월요강좌에 오셔서 두 시간 동안 시낭송과 해설을 해주셨던 기억이 새롭게 떠오른다. 카랑카랑한 몸매인지라 건강하신 줄 알았는데 갑작스런 부음을 듣고 얼마나 놀랐는지 모른다.

시인 이행자가 만난 박태준과 최진섭

박래군

1960년 경기도 화성 출생.

연세대학교 국문과를 졸업했다.

민주화운동유가족협의회 사무국장 역임했으며

의문사진상규명위원회 조사3과장을 지냈다.

현재 사회복지법인 에바다복지회 이사와

인권운동사랑방 상임활동가로 활동하고 있다.

　　　　　　　　　　　　2005년 7월 4일, 박래군에게 전화를
했다.

"그대가 몇 학번이지?"

"81학번."

"최진섭 씨랑 같네."

"누나, 그런데 갑자기 웬 학번?"

비슷한 또래인 줄은 알았지만 박래군과 최진섭 씨가 동갑인 줄은 그제
서야 알았다.

아침 일찍 최진섭 씨가 「내 마음속의 어머니」라는 제목의 수필을 여덟
매 써달라고 전화를 했다. 이 친구는 2000년 8월 15일, <좋은엄마>라는
아주 소중한 잡지를 창간하여 슬기롭게 잘 운영하고 있다.

박래군이는 연세대학교 국문과 출신으로 1학년 때 벌써 <연세춘추>에

소설이 당선될 정도로 재능 있는 친구였다. 다들 떠난 자리에서, 스물다섯
해째 인권운동에 빠져 살고 있다.

래군이는 1988년 숭실대학교 인문대 학생회장으로 학생회관 옥상에서
분신한 박래전 열사의 친형이다. 행동이 곧 시였으며 시가 곧 행동이었던
래전이의 유고 시집 『반도의 노래』에 래군이는 이렇게 썼다.

　　그러나 동시에 너는 시인이었다.
　　누구보다도 아름다운 시를 썼던 시인이었다.
　　스물여섯 해의 짧았던 너의 생은
　　그대로 두 동강 나고 짓밟히운 반도의 노래였고,
　　동터오는 새벽을 향한 가슴 벅찬 싸움의 시였다.

철철 피가 끓는 젊은 시인에게 1987년의 패배는 정말 참기 힘든 고통이
었다. 학살자들이 대를 이어 대통령이 되는 나라에서, 그들과 같은 하늘을
이고 산다는 것만으로도 부끄러운 일이었다.

박래전의 시 중에 잊혀지지 않는 시가 한 편 있다.

시인에게

모독1

아직도 시만 쓰고 앉아있어야 하는가

아직도 헛소리나 지껄이는 우리여야 하는가?

뜨거운 가슴 감추어두고

핏발 선 눈빛도 가리워두고

종잇잔이나 메우면서 이 세월을 보내야 하는가?

풀빛은

4월에서 5월로 푸르러만 가는데

곰팡내 풍기는 시만 쓰고 앉아있을 것인가?

시는 시이니 시를 떠나서 어떤 세계가 존재하리오만

세계 속에 시가 있는 것이냐?

시 속에 세계가 있는 것이냐?

아니다

모두가 부질없는 장난이다

할 일 없는 놈팽이들의 지껄임이다

두 손에 4월을 움켜쥐고

5월의 칼에 맞은 혼들이 부르는데

그 아우성이 살아나는데

시멘트 바닥을 적시던 핏방울들이 울부짖는데

넌 아직도 시만 쓰고 앉아있을 것이냐?

버터덩어리들이 핵폭탄이 되어

버섯구름 아래 나라가 있고

쪽바리들 열심히 끄는 쪼오리에

깡마른 형제들이 있는데

개들은 쉴새없이 짖어대는데

넌 아직도 시만 쓰고 있어야 할 것이냐?

　　1986년 박래전이 쓴 이 시는 지금도 유효하다. 위의 시는 모두 6연으로
이루어졌는데, 5연의 내용이 너무도 인상 깊다. "두 손에 4월을 움켜쥐고
/ 5월의 칼에 맞은 혼들이 부르는데 / 그 아우성이 살아나는데 / 시멘트 바
닥을 적시던 핏방울들이 울부짖는데 / 넌 아직도 시만 쓰고 앉아있을 것
이냐?"
　　1986년 봄에 어떤 시인도 이렇게 쓰지 못했다.

월간지 <말>에서 기자와 편집장을 지낸 최진섭 씨는 박래전의 선배이며 시인의 꿈을 간직한 맑은 사람이다. 내가 최진섭 씨를 처음 만난 건, 1992년 이른 봄 어느 날 이 친구가 민족문학작가회의 사무실에 와서 김남주 선배에게 좋은 시인을 추천해달라고 했을 때였다.

"등잔 밑이 어둡당께 그러네. 저그 앉아있는 우리 태정이도 잘 쓰고, 여그 앉아있는 이행자 씨도 잘 쓴당께. 이행자 씨로 말할 것 같으면 전태일문학상에서 시부문 우수상을 받은 시인이랑께."

그때 나는 다른 어떤 문학잡지보다 <말>에 내 시가 실린다는 게 기뻐서 집에 오자마자 시를 정리해서 보냈다. 세 편의 시 중에서 문익환 목사님을 면회하러 안동교도소에 갔을 때 쓴 「그리움」이 제일 좋다고 해서 그 시를 싣기로 했다. 그런데 최진섭 기자는 4월에 실리는 거니까 4월 혁명이 들어갔으면 좋겠다고 했다.

궁리 끝에 연을 늘려, 첫 연에는 "님이시여! / 면회를 다녀온 지 어느덧 반년……. / 즐겨 부르시던 노래처럼 / 마른잎 다시 살아나 / 이 강산이 푸르르기 시작했건만 / 통일꾼의 그림자는커녕 / 당신의 편지조차 옥문을 나서지 못하는 / 삭막함 속에서 / 혁명의 사월을 맞습니다."라고 써넣고 마지막 연에 또 "님이시여! / 혁명의 사월입니다."라고 써넣었다.

안용대 씨는 첫 연과 마지막 연 때문에 연애시가 혁명시가 되어 훨씬 더 좋다고 칭찬해주었다.

1992년 여름 최진섭 기자는 어마어마한 간첩사건에 걸려들어 3년이나

최진섭

1961년 경기도 파주 출생.

숭실대학교 철학과를 졸업했다.

1987년 6월 항쟁 당시 숭실대학교 총학생회장으로 전대협 1기 회원으로 활동하였다.

1989년부터 1998년까지 월간 〈말〉에서 기자와 편집장으로 일했다.

1992년에는 민족해방애국전선, 애국동맹 사건으로 구속되어 38개월간 옥고를 치렀다.

1996년 엠네스티에서 양심수로 선정된 것이 계기가 되어

미국의 인권단체 휴먼 라이츠 와치에서 정기적으로 수여하는 상을 받았다.

지은 책으로 『한국언론의 미국관』, 『희망에 反하여 희망하라』 등이 있다.

현재 〈좋은엄마〉라는 잡지사를 운영하고 있다.

감옥살이를 했다. 나는 그때 편지를 주고받으며 이 친구가 숭실대학교 총학생회장이었으며 철학을 전공했고 시를 잘 쓴다는 사실을 알게 되었다.

1993년 2월 16일 그가 최후진술을 하던 날, 봄을 재촉하는 비가 촉촉이 내렸다.

어느 기자의 최후진술

봄마중 나온 겨울나무 가지들
대롱대롱 은구슬과 마냥 즐거운
1993년 2월 16일!

높낮이는 다르나
우리 모두의 실핏줄에까지 흐르는 분단의 정 때문에
30대 초반의 월간 『말』지 기자 최진섭,
붉은 포승줄에 묶이어 예까지 왔다.
서초동 3백 19호 법정……
인간의 역사는
유토피아를 향한 역사임을 믿기에
오로지 진실의 편에 서서
온몸을 던졌건만……

동포의 눈물까지도 서로 색깔 다르게 만드는

분단에 묶이어

이 남자!

최후 진술을 하고 있다.

이미 형량이 정해진 재판이지만

군복에 검은 고무신을 신고 지하 밀실에서

수사를 받을 때……

귀뚜라미 한 마리의 목숨을 소중히 다루는

수사관이 있기에

우리의 내일을 확신한다는 이 기자

법이 아무리 훌륭해도

인간의 양심을 처단할 수는 없기에……

펄펄 끓어오르는 이념이나 사상보다는

양심의 별빛을 따라 살아왔노라

당당히 말하는 하얀 잇몸 사이로

통일조국이 몸부림친다!

위의 시를 그에게 바치고 3년 만인 1996년 2월, 경복궁 입구 한국출판

문화회관 옆에 있는 찻집에서 그를 만났다. 참으로 오랜만의 만남이었다. 이날 한국출판문화회관에서 지난해 불의의 사고로 세상을 떠난 박종권 시인의 시집 『찬물 한 사발로 깨어나』의 출판기념회 겸 1주기 추모 모임이 있었는데, 내가 거기에서 추모시를 낭송하기로 해서 진섭 씨를 그 근처에서 만난 것이다. 그는 내게 아주 예쁜 시스템 다이어리를 선물하고는 추모식에 참석하고 싶지만 사무실에 가서 또 일해야 한다며 일어섰다. 기자들은 정말 한가할 틈이 없다.

최진섭 기자는 매달 나에게 <말>을 보내주어 고맙게 읽었는데 1996년 봄 어느 날 전화해서는 더듬거리며 <말> 사정이 어려워 이제는 기증본을 보낼 수 없다고 했다. 하지만 세 명만 정기구독 시키면 나에겐 <말>을 계속 보내줄 수 있다고 해서 나는 행자교 교주의 능력으로 유승균, 장근석, 이순영을 정기구독 시키고 그후로도 계속 <말>을 공짜로 보았다.

한 번은 나와 최진섭 기자, 박래군 셋이 인사동에서 만나 얘기를 나누었는데 얘기가 어찌나 잘 통하는지 한 계절에 한 번씩이라도 좀 만났으면 했는데 두 사람 다 너무 바빠 계절에 한 번은커녕 셋이 만난 지가 벌써 거의 10년이 다 되어간다.

늘 쪼들리는 최진섭 기자에게 「다시 만나는 전태일」 공연표를 5만 원어치나 강매했더니 죽는 소릴 했다.

"한 장도 팔 데가 없는데….."

"선생! 장사하는 사람이 다시 팔 걱정까지 하면 어떻게 장사를 한담? 안

면몰수하고 파는 거지. 나는 주점표는 절대로 외상으로 안 판다고!"

오죽했으면 유가협(전국민주화운동유가족협의회의 줄임말. 이 땅의 민주화와 통일을 위해 목숨을 바친 열사들의 부모님들이 모여 만든 단체로서 자식들의 숭고한 뜻을 받들어 당신들의 남은 목숨을 바칠 각오로 모인 분들인지라 1980년대 싸움 현장에는 늘 이분들이 앞장섰다) 어머님들이 "언닌 칼만 안 들었지, 완전 날강도다 날강도!"라고 할 정도였겠는가. 성균관대학교 옆에서 주점하던 날, 어떤 후배가 계속해서 표를 내고 술을 마시길래 내가 한마디 했다.

"있잖아, 이런 곳에 올 땐, 표 좀 깜빡 잊어버리고 오라구. 돈 내고 마시면 얼마나 이쁘겠냐?"

나는 곁에서 어머님들이 들으시는 줄도 모르고 떠들었다(술이 취해 목소리가 커진 걸 이미 모를 때였으니까).

온갖 고통을 다 이겨내고 1996년 봄, 늦은 결혼을 한 최진섭은 선생님인 아내와 초등학교 2학년 큰딸, 막내딸과 단란한 가정을 꾸리고 있다.

그의 시 두 편을 소개한다.

사상의 집

사상의 집에는 벽이 없고
사방이 창으로 열려있다
잠에서 깨어 동쪽 하늘을 바라보면

198

사람인 하늘이

전봉준의 뭉클한 얼굴로 다가온다

담장도 없는 사상의 집

안마당에는 스피노자의 사과나무가 한 그루 자란다

본래 허무는 영혼과 통한다지

햇빛 따가와 울적한 날에는 까뮈를 읽으며

이방인이 된다

타파되지 않는 세상의 부조리는

죽비처럼 내 어깨쭉지를 후려치고

서가에는

묵주반지를 끼고도 '오 맑스여' 하며 탐독하던

유물변증법 책들이 즐비하다

먼지 쌓인 고서가 되어

낮이고 밤이고 벌레가 찾아드는

사상의 집에서

생명은 늘 엄숙한 표정인데

눈이 오는 날 나의 사상은 백색이 되고

지붕에는 흰옷의 하느님이 내려앉는다

노을 지면 사상의 집은 동백꽃 빛깔로 물들고
나의 집에서 사상은 이처럼 자유자재하나

그러나 나는, 붉은 인두로 낙인 찍혔던 나는
사상의 집에서도 여전히 불온하다
홀로 있는 스스로에게도.

성찬식······ 지도를 보며

아무리 좋은 그림도 모나리자라 해도
자주 보면 싫증이 나고 따분해지는 법인데
우리나라 지도는 바라볼수록 정겹다
미운정 고운정이 듬뿍듬뿍 배어난다
저것은 사람의 조각품이 아니라
조물주가 인간에 앞서 흙으로 빚은 창조물이고
인간이 된 신의
살과 피인 모양이다

사람도 돼지도

닭이나 지렁이까지도

매일같이 조물주의 살을 뜯으며 살고

매일같이 피를 마시며 산다.

아침마다 저녁마다 성찬식을 하며

해질녘이면 거름으로 눕는다.

　최진섭 기자는 철창 안에서 좋은 시를 참 많이 썼다. 시를 좀더 소개하려고 밤새 찾았지만 나오질 않았다.

　오늘 아침 <한겨레>(2005년 7월 5일) 국제면을 보니 참으로 기가 꽉 막혔다. '후세인궁을 보며 미 독립기념일 축하'라는 제목 아래 비키니를 입은 여군이 일광욕을 즐기는 사진과 함께 이런 기사가 실려있었다.

　　이제는 바그다드의 미군기지 캠프 빅토리의 일부가 된 옛 사담후세인
　　궁전 밖 수영장에서 4일부터 시작되는 미국의 독립기념일 휴가를 앞
　　두고 3일 이라크 주둔 미군 병사들이 수영을 즐기고 있다.

　일본놈들은 조선의 궁궐 숲에 광화문을 세워 앞을 가로막고 그 안에 조선총독부를 그렇게 단단하게 그것도 일자로 짓고 또 남의 궁궐을 동물원으로 만들었듯이 미국놈들은 수많은 이라크 인민들을 살상하고, 자기들

이 기르는 개만도 못하게 학대하고 남의 궁궐 앞에서 벌거벗고 즐기는 잔인함을 보인다. 후세인 궁전을 바라보면서 저 똘마니들은 혹시 이렇게 생각하는 건 아닐까?

"우리가 무지한 유색인종에게 '예수의 이름으로' 자유와 민주를 수여했노라."

시 인 이 행 자 가 만 난

주재환과
민중론

주재환

1941년 서울 출생.

1960년 홍익대학교 미술대학 서양화과에 입학했다.

현실과 발언 창립전, 고 박종철 열사 추도 '반고문전', 동학농민혁명100년전,

해방50년역사전, 도시와 영상전, 부산 국제현대미술전 '고도를 떠나며'

등의 전시회에 참가했다.

2000년 개인전 '이 유쾌한 씨를 보라' 를 열었고,

2001년 제10회 민족예술인상(한국민족예술인 총연합)을 수상했다.

주재환은 1941년생이고, 민충근은 1943년생이지만 민충근은 주재환에게 언제나 깍듯하다. '격조'는 주재환의 호(號)이다. 사전을 찾아보니, 격조란 "문예 작품 따위에서, 격식과 운치에 어울리는 가락"이 첫째 풀이고, 두 번째가 "사람의 품격과 취향"이다. 보기에 주 선생은 두 번째에 해당한다. 뵙기 시작한 지는 스무 해가 가까워 오지만 이분과 친해진 건 불과 한 해 전부터다.

주 선생은 이제 그만 하라고 늘 손사래를 치시지만 나는 이 얘기는 꼭 하고 넘어가곤 한다. 스무 해쯤 전에 백기완 선생님을 곁에서 극진히 모시던 관태라는 사람의 결혼식 뒤풀이 때 얘기다. 돼지갈비집에서 1차를 하고 2차로 맥주집을 가자고 나오는데(이때 민충근도 함께 있었다) 주재환 선생(다 아시다시피 내가 추녀인지라 유난히 미남을 밝히는데, 이분은 아무리 봐도 미남 축에는 못 끼는 사람이거늘)께서 나를 똑바로 쳐다보며 "2차도 함께 가시려

「미제껌 송가」.

구요?" 하고 물으시는 게 아닌가.

내가 당황해서 몸 둘 바를 몰라 하자 백 선생님께서 민망하셨던지 "아아, 그럼 당연하지." 하고 대답하셨다. 그런데 나는 이미 백 선생님 때문에 기분이 나빠 있던 참이었다. 1차 돼지갈비집에서 돼지갈비를 가위로 잘라야 하는데 둘러보니 내가 제일 어렸다. 그런데 돼지갈비가 잘 잘라지지 않아서 가뜩이나 짜증이 나있는데 백 선생님까지 한마디 하셔서 그날은 더 그랬다.

"얘는 말야, 만날 젊은 놈들하고만 같이 다녀서 돼지갈비 하나 못 자른다고."

그 사건 때문에 그후로는 여럿이 만날 땐 같이 만나긴 해도 주 선생님이 그리 반갑진 않았다. 1997년 인사동 2층에 '아라가야(우리 차도 팔고, 소품 전시회도 하고, 생활한복도 파는 집이다)'라는 집에서 주재환의 그림 「소주와 성경」을 보았다. 그림이 주는 재미와 충격에 다음날도 또 그림을 찾게 만들 정도였다. 성경 위에 감히 우리의 소주가 빛을 발하며 서있다니…. 나는 그 그림을 보며, 양키놈을 소주병이 짓밟고 있다는 상상에 빠졌었다.

주재환 작품집 『이 유쾌한 씨를 보라』를 보자. 평론가 백지숙은 「미제껌 송가」를 이렇게 평했다.

"「미제 껌 송가」만큼 견실하게 주제를 형상화한 작품도 없을 듯싶다. 성조기의 붉은 색 스트라이프 바탕 위에 찬송가 한 장이 붙어있다. 그리고 그 위엔 노란 '뉴 쥬시 후레쉬' 껌 껍질과 씹다 만 껌이 붙어있다. 미국은 '쥬이시하고 프레쉬하게' 입에 퍼져드는 미제 껌의 미감으로, 한 번 아멘에서 일곱 번 아멘까지 곱씹는 찬송가의 음감으로 그리고 붉고 흰 줄무늬의 미니멀한 시각경험으로 틈입해왔다. 또한 그을린 자국이 남아있는 찬송가 책의 가장자리는 개화한 어머니의 새벽기도로 남겨진 손때처럼 육친의 기억을 한층 강조한다. 이처럼 미국이라는 구세주는 낯선 자유주의의 '관능' 자체를 창출해내면서 우리 속으로 들어왔던 것이다. 「미제 껌 송가」는 이러한 상황, 좋든 싫든 간에 미국이라는 큰 존재가 우리 정체성의 한 축을 형성하게 된, 취소불능의 사태를 심플하게 드러내준다."

어떻게 보면 앞에서 말한 두 그림이 내게는 최고의 작품이다. 볼 때마다 통쾌하고 가슴속이 후련해지니까.

2001년 2월 그는 자신의 화집 『이 유쾌한 씨를 보라』에 실린 사진에서도, 소주병과 물 컵 같은 잔을 앞에 놓고, 예의 그 귀엽게 웃는 모습을 보여준다.

「소주와 성경」.

불러봅니다

1994년

주재환

어제를 살다 간
옛 사람들의 이름을 불러봅니다.
쟈가동, 오미리, 우루미, 북쇠, 은뫼,
검둥, 막둥, 거매…

송사리의 또다른 이름을 불러봅니다.
눈쟁이, 뾋돌이, 날랭이, 추리치,
모쟁이, 반뜩이

오늘을 살고 있는
벗님네들의 별명을 불러봅니다.
꺽, 똥, 꼴통, 날냄이, 변태, 하염이, 아이고,
뿐드, 떼떼, 빠리, 딱따구리, 배추, 물두부,
날가루, 장고…

김광우는 『이 유쾌한 씨를 보라』에 「코미디 그리고 유추」라는 평을
썼다.

208

그의 이야기에는 대화체 문학이 있고, 시적 환상이 있으며 체험을 통한 행동철학이 있다. 내용과 표현에 있어서 다양한 것도 지적할 만한 점이다. 이는 그가 평소에 많이 말하고, 많이 보고, 많이 듣기 때문일 것이다.

아쉬운 점은 언론보도 및 그 밖의 글에서 예술가로서의 기인처럼 행세한 주재환만 부각된 것이다. (…)

(재미있는 그림을 못 그리는 나는, 이 글을 쓰는 내가 유쾌하라고 엘비스 프레슬리의 시디를 틀어놓았다)

'유쾌한 씨'라고 하지만 숱한 고뇌에 몸부림친 세월이 너무 길어서 그는 이제 허탈한 상태에 이르렀을지도 모를 일이다. 이십 년 동안 작품에만 몰두하다 이제 비로소 한꺼번에 소개할 수 있었다면 긴 세월을 그는 하고 싶은 말도 제대로 하지 못한 채 꾹 참으며 때를 기다렸던 것이 아니겠는가!

그래서 나는 예술가 자신의 진술이 필요하다고 그에게 권유하여 인터뷰를 중심으로 평론을 쓰기로 했다. 그의 진면목을 분명하게 하고 싶었기 때문이다.

김광우의 평론을 줄 쳐가며 열심히 읽은 기억이 새롭기에 주재환을 인터뷰한 글과 평을 좀더 쓰기로 한다.

김광우 아쉬운 점이 있다면?

주재환 혼란스런 느낌입니다. 만족스러운 면도 있지만 모자란 점이 더 많지요. 이쯤하면 되겠지 하는 자만감이 들 때도 있지만 이것밖에 안 되나 하는 자괴감도 적지 않지요. 마치 출구를 모르는 끝없는 동굴 속에서 헤매고 있다는 느낌이 듭니다.

내가 주재환의 작품에 호감을 가진 이유는 우리나라 예술가들 가운데 드물게 그가 모더니즘의 전모를 파악했고, 따라서 비평할 만한 위치에 섰으며, 새로운 패러다임을 구현하려고 하기 때문이다.(⋯) 그의 작품들은 고뇌를 걸러낸 자신의 투명한 내면의 세계를 통해 관람자가 주변의 세계를 다시 조망할 때 성찰과 인식의 전환이 생긴다고 말하는 듯싶다. 전시장에 걸린 작품들은 '유쾌한' 모습들로 관람자를 반기면서 성찰과 인식의 전환이 매우 '유쾌한' 일이라고 속삭인다.

김광우의 평은 여기서 끝내고 「상상력의 자장(磁場)」이라는 제목으로 쓴 최민의 평을 조금 보탠다.

"주재환은 자유로운 작가이다.(⋯) 기법의 숙달, 장인적 기교 따위는 그와 상관이 없다. 기본의 어떤 양식에도 구애받지 않는다. 그러나 필요하다고 느끼면 주저하지 않고 쓴다."

210

표현은 못하지만 나도 최민과 똑같이 느끼기에 위의 글을 읽으면서 혼자 맞장구를 쳤었다.

자유, 가난한 미술, 태도의 천명, 문자와 이미지의 결합, 황당한 제목들, 다다이스트적 정신, 반미학적 질문, 상상력의 질주, 생각하는 작가 등의 큰 제목의 끝인 '농담처럼'에서 최민의 평을 보자.

농담처럼

(…)물론 주재환은 세상을 농담처럼 살지는 않는다. 그러나 그는 즐겨 세상에 대해 농담을 한다.

어린 시절부터 그는 숱한 우여곡절과 시련, 고초를 겪어왔다. 유독 그의 인생에만 주어진 몫이 아니라 할지라도 어둡고 혼란한 한 시대를 온몸으로 살아왔다는 표현이 적당할 것이다. 이에 대해 이야기하려 해도 어딘가 구차스럽게 느껴진다. 비록 뒤늦게 작가로서의 삶을 시작했지만 그에게 있어 가난이란 서정주의 유명한 시구처럼 문자 그대로 '한낱 남루에 지나지 않는다.' 아무런 시적 위선이나 가식 없이 말이다.

나는 이 친구를 시인으로서 참 많이 좋아하는데 정 떨어지게 왜 하필 말뚱의 시를 예로 든담? 허구 많은 시 중에서. 남의 글이라, 함부로 건너뛸 수도 없고.

'생각하는' 드물게 뛰어난 작가이면서 일상의 주변에 대한 더없이 따
뜻한 애정, 지극히 소탈하면서도 꿋꿋하고 초연한 태도, 그리고 웃음
을 잃어본 적이 없는 그를 나는 마음속 깊이 존경한다."

　나는 예술하는 사람 중에서 주재환 선생처럼 속 깊고, 격조 있는 분을
만나지 못했다. 시조작가 박시교가 쓴 글을 소개하면서 주재환 선생에 대
한 글을 마치려고 한다.

통렬한 눈물 또는 희대의 웃음
주재환 大兄에게
(『이 유쾌한 씨를 보라』에 부쳐)

나는 유쾌하고 더없이 행복하다
그가 사는 시대를 함께 산다는 사실이
더더욱 통렬한 눈물을 흘릴 수 있다는 사실이

단언컨대 이 세상에 유쾌한 씨는 없다

옛 마포 종점 근처 그를 처음 만났던 미술 잡지사
편집실, 그렇지 그 좁은 사무실에서 그의 동반자 성
금자 화백을 나는 먼저 인사했고, 악수했고, 술잔을
나누었고, 명명백백 회상컨대 어느 화창한 봄날 그
녀와의 야유회 때도 분명 유쾌한 씨는 없었다 환갑에
겨우 철이 나서 첫 개인전 열며 폐품만 잔뜩 모아
붙이고 쓰잘데없이 대문짝만한 홋수로 만용을 부린
'몽설몽설궤도' 앞에서 또는 60년대식 싸구려
여인숙 천장에나 매달려 있음직한 30촉 짜리 백열등
이 대롱거리는 '몽드리안 호텔' 앞에서 아, 나는
분명히 말하건대 유쾌한 씨는 없다, 제기랄

周大兄, 제발 좀 삽시다
이 화창하게 푸르른 날

박시교 시인을 두세 번 뵌 적은 있지만 정작 그분의 시는 잘 몰랐는데
주재환 회갑기념 개인전 '이 유쾌한 씨를 보라'에 부쳐 쓴 이 시는 한 마디
한 마디가 사람의 정곡을 찌른다. 주재환, 그의 곁에는 참 좋은 사람들이
많다.

2004년 5월 17일, 인사동 '가나 화랑' 앞에 앉아 박정호를 기다리다가 우연히 민충근 화백을 만났다. 오랜만에 만난 그가 개인전을 한다면서 내게 작은 책자를 주었다.

나는 이분에게 늘 저녁을 한번 근사하게 사야 하는 마음의 부채를 지고 있다. 언젠가 민충근 화백을 비롯한 여러 사람들이 백기완 선생님을 모시고 백 선생님 연구실 옆에 있는 일식집에 가서 저녁식사를 함께했는데, 음식이 정말 부실했다. 식사 후 다들 헤어지고, 나와 민충근 화백과 백 선생님 셋만 남았을 때 민 화백은 "백 선생님을 이렇게 소홀히 모셔서는 안 되는데…"라며 우리를 인사동으로 데리고 갔다.

조계사 길에서 인사동으로 들어가는 왼쪽 길목에 큰 건물이 있는데 그때는 그 건물 지하에 극장과 일식집이 있었다. 이 양반 얘기로는 그 일식집 주인이 자기에게 외상을 주기 시작하면서 단골이 되었다고 하는데, 음식마다 정성이 들어있는데다 회도 육질이 좋았다. 나도 서울에서는 그렇게 맛있는 회를 먹어본 기억이 없다.

민 화백이 준 작은 책자 뒤표지에는 「비어」라는 그림이 실려있는데 나는 보자마자 "와아! 이건 내 거다." 하고 소릴 질렀다. 쪽빛 하늘과 바다, 새빨간 물고기가 하늘을 날고, 청자대접 속 물에 또 그 물고기의 그림자가 떠있다.

민충근 화백은 미술을 전공한 게 아니라 한국외국어대학교 노어노문학과를 졸업했고, 출판사에서 근무한 경력도 있고 출판사를 경영하기도 했다. 그는 「작가의 말」에서 "나의 그림에는 명암이 없다. 따라서 원근도 없다. 나는 그리고자 하는 대상 뒤에 숨은 이미지를 극대화시키기 위해 그걸 확대하거나 생략해서 단순화시킨다. 드러난 나의 그림은 구상이지만, 그뒤에 숨은 이미지는 추상이다."라고 썼다.

마침 주재환 선생이 그의 전시에 부치는 글을 써주셨기에 여기에 싣는다.

「비어」.

파스텔로 빚어낸 환생세계

민충근과 나는 강산이 세 번 바뀌는 적지 않은 세월 동안 친하게 지내고 있는 몇 안 되는 화가 친구들 중의 하나다. 그동안 우리는 수없이 만났고, 수없이 마셨고, 수없이 떠들면서 인연을 쌓아왔다. 요즘 말로 코드가 맞아 어찌보면 미련할 정도로 어깨동무해온 셈인데, 얽히고 설킨 잡다한 얘기들은 다음 기회로 미루고 이 자리에서는 그림 얘기만 줄여서 한다.

어릴 적부터 그림 그리기를 좋아했던 민충근은 고교시절 한때 미술대 진학을 꿈꾸었으나 이런저런 사정으로 외국어대로 방향을 바꾸게 되었다. 그러나 그림에 대한 열정과 관심은 식을 줄 몰랐고 직장생활 틈

민충근

1943년 서울에서 출생.

한국외국어대학교 노어과를 졸업했다.

개인전을 여섯 차례 열었고 그 외 여러 동인전에도 참가했다.

서울 화랑미술제에 초대되어 1992년에는 동서화랑,

2002년에는 유경갤러리에서 전시회를 열었다.

틈이 짬을 내어 제작한 작품들로 지금까지 서울에서 개인전을 다섯 번 열었고 최근에는 미국의 로스앤젤레스에서 초대전을 가진 바 있다. 그리고 어두웠던 1980년대에는 민주화운동에 도움이 되는 각종 기념전에 출품하여 거의 다 팔리는 성과를 올리기도 했다. 또한 가까운 동료들과 함께 여섯 번 동인전을 가졌고, 합하여 열두 번이니까 직장인으로는 적지 않은 숫자다. 이번 전시까지 더하면 열세 번째가 된다. 그동안의 전시작품은 거의 파스텔화였는데, 파스텔, 이것이 민충근의 예술세계를 이해하는 데 주요한 열쇠가 된다. 재료의 속성 자체가 예리한 미적 감성 표현에 알맞으니까. 일찍 직장에서 물러나 그림에만 몰두했다면 지금쯤은 전업작가로 성공해서 안정을 누리고 있을 텐데…. 아쉬움이 있지만 세상일이 어디 뜻대로만 되나.

민충근의 예술인생에 절대적인 영향을 끼친 분은 다름아닌 그의 외당숙 어른인 강신석 화백(1990년 70세를 일기로 뉴욕에서 서거)이다. 파스텔화로 일가를 이룬 강 화백의 면모에 대해 그분의 친구인 원로 시인 김춘수는 연작장시 「처용단장」에서 '영원한 자유주의자이며 외로운 탐미주의자'로 묘사한 바 있다. 자유와 탐미, 용렬한 중생은 꿈꾸기도 어려운 영역이다.

민충근이 파스텔이란 단일 재료에 집착하는 것도, 민충근의 그림 특질이 탐미로 일관하는 것도 민충근의 예술적 감성과 강 화백의 예술혼이 결합된 행복한 동거로 보면 어떨까? 민충근의 강 화백에 대한 경외와 흠모는 거의 종교적 경지에 이를 정도로 확신에 차있다. 그래서 민충근은 아저씨의 유작전을 여러 번 기획했지만 여건이 허락하지 않아 미루고 있다. 언젠가는 꼭 이루어질 것으로 기대한다. 나는 강 화백 그림을 한두 점밖에 보지 못해 전체 느낌이 어떤지 알고 싶다. 그분은 워낙 자유로운 기질이 강해서인지 그 흔한 도록 하나 남기지 않았다. 민충근의 그림 재질을 일찍 발견한 강 화백은 조카에게 "너는 어리석어서 그림 그릴 수 있다."라고 해독이 쉽지 않은 화두를 남겼다고 한다. 내가 생각하기에 그 말씀은 세속의 온갖 더러운 유혹에 중독되지 않은 깨끗한 정신을 가리키는 것 같다. 그는 타고난 성품 자체가 착해서 남에게 받는 것보다 주는 것을 좋아한다.

어느덧 회갑년 고개를 넘은 민충근은 몇 년간의 잠복기에서 벗어나 이제 창작의욕이 샘솟는다고 나에게 여러 번 힘주어 말한 바 있다. 무슨 일이든지 늦었다고 생각될 때 시작하면 그것이 가장 이르다는 말이 떠오른다.

2004년 전시회 때 그에게 바친 시로 「주재환과 민충근」을 마무리한다.

화가 민충근을 노래하다

활-활 타오르는 난로로

바다를 녹여버리는, 그런 꿈,

꾸는 사람!

이십일 세기에 대한민국에 살고 있다.

그의 손 끝에 오면

물고기, 날아다니고

자전거, 수수꽃다리 향기 그윽한

울타리 위를 달린다.

한라산 백록담,

북한산 인수봉,

우리 가슴에 안겨 파도로 출렁이고,

두물머리 화사한 벚꽃 잎 하나 하나

고운 나비 되어

우리를 환상의 뜰로 유혹한다.

영원한 자유주의자이며

외로운 탐미주의자로 살다 간 외삼촌,

강신석 화백에 대한 경외와 흠모는

그의 신앙이라고

주재환 선생이 얘기하듯이…

그 외삼촌은 조카에게

"너는 어리석어서

그림 그릴 수 있다."

해독이 쉽지 않은 화두를 남겼단다.

세속의 온갖 더러운 유혹에 중독되지 않은 깨끗한 정신을 타고난

그에게 참으로 잘 어울리는 말씀이다

집이 날아가는 상황에서

직원들에게 퇴직금 지불하는

사장이라니…

그 외삼촌의 어리석다는 말 이외에

더한 찬사는 그에게 어울리지 않는다

허나, 그는 한순간

아내보다 더 좋아하는 소주를 끊고

일 년이 넘도록 입에 안 댈 만큼

결연한 의지와 인내심의 소유자다.

밤,

부엉이 눈빛 같은 강렬함.

낮,

공작새 날갯짓처럼 화려한 꿈.

늘 그의 몸 속에 꿈틀대고 있어

반드시 언젠가는

파스텔화로 일가를 이룬 외삼촌,

강신석 화백을 뛰어넘는 작품으로

역사와 승부할 것이다!

시인 이행자가 만난

최재봉과
남궁산

최재봉

1961년 출생.

경희대학교 영문과를 졸업하고

동 대학원에서 석사학위를 받았다.

〈한겨레〉에 공채 1기 기자로 입사해 사회부, 국제부 등에서 일했다.

2006년 현재 〈한겨레〉 문학전문 기자다.

지은 책으로 『역사와 만나는 문학기행』, 『간이역에서 사이버스페이스까지』,

『최재봉 기자의 글마을 통신』이 있고, 옮긴 책으로 『에드거스노 자서전』 등이 있다.

현재 <한겨레> 문학전문 기자 최재봉, 판화가이면서 대학에 출강하는 남궁산, 어찌 보면 전혀 어울릴 것 같지 않은 두 사람인데 바늘에 실 가듯 함께 다닌다.

작가와 기자가 이렇게 잘 어울려 다니면 구설수에 오르기 십상인데, 화가와 문학전문 기자인지라 더욱 친하게 어울릴 수 있는지도 모른다. 최재봉 기자는 경희대학교 영문과와 대학원 다닐 때 별명이 '걸어다니는 사전'이었다고 한다. 어떻게 그렇게 치밀하고, 공부만 열심히 한 사람이 남궁산 씨와 친하게 지내는지 불가사의한 관계 같지만 다른 건 몰라도 섬세한 부분은 둘이 닮았다.

장서표를 위해 태어난 것이 아닐까 싶을 정도로 남궁산은 미적 완성도를 갖춘 섬세한 장서표를 우리에게 보여주었고, 최재봉 기자 역시 그의 글을 읽으면 읽는 사람의 마음까지 저절로 섬세해지는 걸 여러 번 느꼈다.

최재봉 기자가 쓴 『역사와 만나는 문학기행』은 '고부에서 압구정까지'라는 부제가 붙어있다. 이 책에서 최 기자는 "문학작품의 무대를 찾아 우리의 최근세사를 더듬어 보자는 걸음은 1990년대 욕망의 해방구 압구정동에서 일단 멈추었다. 청계천에서 뮌헨까지, 농민군에서 오렌지족까지 내 걸음은 분주했고 현장에서 얻는 감동은 뻐근했지만, 그것이 내 글에서 오롯이 되살아나지는 못했다."라고 썼다. 이 글에서 나는 최재봉만이 느낄 수 있는 감정의 섬세함을 "욕망의 해방구 압구정동"이라는 표현에서 찾아내고 혼자 미소 짓는다.

그는 매주 한 면씩 신문 지면이 확보되자 그 면을 「문학으로 만나는 역사」라는 문학기행 기사로 채우기로 하고 우리 최근세사의 문을 연 동학농민전쟁에서 1990년대까지의 대략 한 세기를 중심으로 잡고, 작품 선정에 들어갔다고 한다.

「서울로 가는 전봉준」에서 「바람부는 날이면 압구정동에 가야 한다」까지 무려 서른세 꼭지로 이루어진 이 책을 보면, 그가 문학 작품 하나하나를 얼마나 꼼꼼하게 읽고, 그 내용과 주제를 정확하게 꿰뚫는지 저절로 감동하게 된다.

기억하라, 녹두장군의 타는 눈빛을 - 안도현 · 「서울로 가는 전봉준」
백담계곡에 메아리친 애끓는 조국독립 노래 - 한용운 · 『님의 침묵』
일제 덮친 암태도 소작쟁의 거대한 해일 - 송기숙 · 『암태도』

땀과 소금기로 얼룩진 인천항의 식민지 노동현실 – 강경애 ·『인간 문제』

청계천에 흘러든 근대 – 전근대 물길–박태원 ·『천변풍경』

후쿠오카 감옥에 빼앗긴 조국사랑 노래 – 윤동주 ·『하늘과 바람과 별과 시』

해방 토양 위에 움튼 분단 씨앗–이태준 ·『해방 전후』

민족분열 외세 저항양민 ‘4·3대학살’ – 현기영 ·『순이 삼촌』

거창의 들풀은 마른 울음 아직도… – 김원일 ·『겨울 골짜기』

세월이 낳은 허무 덮고 스러진 거제 포로수용소 – 최인훈 ·『광장』

뚝배기의 평화는 ‘수필’로 남고 – 이문구 ·『관촌수필』

빨치산은 한 떨기 ‘비극’으로 피고 – 신동엽 ·「진달래 산천」

들불처럼 번진 민주 혁명의 노래 – 김수영 ·「우선 그놈의 사진을 떼어서 밑씻개로 하자」

궁핍한 삶에 지친 농촌의 절망 – 신경림 ·『농무』

진정한 낙원의 본질을 캐묻는다 – 이청준 ·『당신들의 천국』

노동자 착취 정면으로 문제 제기 – 조세희 ·『난쟁이가 쏘아올린 작은 공』

80년대의 가슴에 꽂힌 시인 전사 – 김남주 ·「전사」

금단의 소문 뚫고 내지른 비명 "광주여" – 김준태 ·「아아 광주여! 우리나라의 십자가여!」

역사의 새벽을 여는 밤길의 사람들-박태순 · 『밤길의 사람들』

'휴전선은 없다' 통일의 길 뚜벅뚜벅-문익환 · 「잠꼬대 아닌 잠꼬대」

이 글들은 『역사와 만나는 문학기행』에 실린 글로 신문에 연재할 때도 읽었던 것이다. 「기억하라, 녹두장군의 타는 눈빛을」에 보면 동진강 사진 아래 이렇게 써있다.

전북 김제에서 죽산면과 부안군 동진면을 가르며 서해로 흘러드는 동 진강. "척왜척화 척왜척화" 철썩대는 물결 위로 핏빛 노을이 물들고 있다.

그는 1996년에 동진강 낙조를 보며 1894년 동학농민전쟁이 1919년 3 · 1운동과 4 · 19혁명, 1980년 광주항쟁, 1987년 6월 항쟁으로 이어지는 역사를 생각하고, 동학농민전쟁의 국제정치적 의의에 대해서 생각한다. 아마도 그 책을 읽는 독자라면 누구든 "기억하라, 녹두장군의 타는 눈빛" 앞에 머리를 조아릴 것이다.

2002년 5월, 인사동 '동산방 화랑' 초대 '남궁산 목판화 장서표 전시회' 도록에 최재봉 기자가 쓴 발문 「남궁산 목판화 장서표전에 부쳐」를 여기에 싣는다. 남궁산에 대해 내가 이 이상 잘 얘기할 수 없으므로.

내 친구 남궁산은 사람을 좋아한다. 사람들도 역시 그를 좋아한다. 사람들 속에서 그는 편안하고 행복해 보인다. 처음 만나는 사람과도 스스럼없이 어울리고 이내 친해지며 그렇게 맺어진 교분을 나중까지 이어가는 능력을 그는 지녔다. 장서표는 그가 맺은 인연과 우정의 소중함을 기록하는 그 나름의 표현방식인 셈이다.

화가인 그의 교제 범위는 미술판에 국한되지 않는다. 그의 별명 중 하나는 '문단의 마당발'이다.

　여기서 잠깐 내가 끼어들자면, 명색이 민족문학작가회의 회원인 나보다도 이 친구는 알고 지내는 사람이 더 많다.

문단 사람들이 포함된 이런저런 모임에서, 그는 웬만한 문인들을 뺨칠 정도의 안면으로 자리를 휘젓고 다닌다. 오산학교(정확히는 서울의 오산고등학교) 출신인 그는 소월과 백석을 선배로 받드는데, 문인들에 대한 그의 친연성이 딱히 그것 때문인지는 확실치 않다. 이번 장서표전에 '초대'된 문인은 장르의 경계를 넘어 그와 술잔을 나누고 노래를 섞었으며 세상사를 논한 이들이다.

사실, 장서표란 미술과 문학의 장르간 경계 허물기라기보다는 그 두 장르의 만남이요 결합이라 보아야 옳을 테다. 알다시피 장서표란 책의 주인이 그 주인됨을 표시하는 하나의 수단이다. 그런데 장르의 특

남궁산

1961년 서울 출생.

인천대학교 미술학과와 홍익대학교 미술대학원을 졸업했다.

1987년 등단 이래 민족미술전, 판화도시탐험전, 서울판화미술제,

시와 판화의 만남전 등 여러 전시에 출품하였으며 열여섯 차례의 개인전도 열었다.

장서표라는 소형판화를 국내에 소개했고 수차례 장서표 전시를 기획했으며

장서표만 모아 두 번의 개인전도 열었다.

책 표지, 달력, 엽서 등에 판화를 꾸준히 선보였으며,

판화에 에세이를 곁들여 신문, 잡지 등에 연재하고 있다.

지은 책으로는 『생명, 그 나무에 새긴 노래』가 있다.

성상 책과 가까운 이들이 바로 문인들이다. 문인과 문학을 좋아하는 남궁산이 장서표에 남다른 관심을 지니는 것은 어찌 보면 당연한 노릇이다.

장서표가 단순히 책의 주인을 알려주는 기호인 것만은 아니다. 판화가의 손끝에서 빚어진 엄연한 작품으로서 그것은 또한 미적 완성도를 갖추어야 한다. 남궁산의 장서표들은 그의 예술적 감각과 표주들의 개성이 행복하게 만나 어우러진 풍경 한 자락씩을 보여준다.

장서표가 책과 관련된 것이니만치 책이 등장하는 횟수가 압도적이지만, 그와 동시에 숱한 꽃과 나무와 동물과 사물이 표주들의 관심과 지향을 일러주고 있다. 때로 그 물물들은 표주의 전생이 아닌가 싶을 정도로 주인을 닮아있어 보는 이로 하여금 미소를 머금게 한다. 결국 남궁산은 장서표를 통해 사람을 만나며, 그 만남은 세상 만물로 이어진다. 그의 관심과 애정이 단지 사람에 머물지 않고 더 넓은 생명과 환경으로 나아가는 모습을 이번 장서표전에서 확인할 수 있다.

남궁산은 2001년과 2002년에는 6개월에 걸쳐 <중앙일보>에 판화와 에세이를 연재했고, 2003년 가을부터 2004년 12월까지는 매주 토요일 <한겨레>에 「장서표이야기」를 연재했다. 그 덕분에 무명시인 이행자도 <한겨레>(2004년 3월 27일)에 「고단한 역사 안고 색동웃음 짓는 '우리들의 누님'」이라는 거창한 제목으로 실렸다.

"행자 누님"

작가회의 젊은 작가들은 선생을 이렇게 부른다. 사람들과 어울리기 좋아하는 그는 정이 많고 낙천적이다. 궂은일이나 어려운 일을 당한 주변 사람들을 보면 도무지 참지 못하고 챙기는 그는, 스스로를 '시 쓰는 식모'라고 한다.

'전태일문학상'을 수상하면서 시인으로 등단한 이력이 말해주듯이 그는 민가협, 유가협의 어버이들과 행동을 같이했다. 각종 재야단체의 기금 마련 일일주점 등에서는 손수 부침개를 부쳐가며 민주화운동의 뒤치다꺼리를 했다. 그의 지인들은 그가 내미는 일일주점의 후원 티켓에 주머니를 털린 경험을 많이 가지고 있을 것이다.

선생과의 첫 인연은 1980년 중반 역사기행과 산행을 겸한 '산모임'이라고 하는 모임에서였다. 당시 나는 <노동자신문> 창간을 위한 기금 마련 전시 기획 실무를 맡고 있을 때였는데, 전시장에서 우연히 마주친 중학교 동창을 통해 그 모임에 섞이게 되었다.

여기에서 잠시 내 얘기를 첨부한다. 이 전시회에서 남궁산의 그림을 산 그 동창생이 김영상 씨다. 그는 내게 개를 세 번이나 들려 백기완 선생한테 보내기도 했고 여러 운동 단체에 익명으로 후원금을 많이 보낸 속 깊고 의리 있는 사람이다. 김영상 씨가 그날 산 작품 「꿈꾸는 백두산」이 지금은 내 방에 걸려있다. 가만히 보고 있으면 나태했던 마음에 저절로 용기를 솟구치게 하는 좋은 작품이다. 1990년 11월 8일 '제3회 전태일문학상' 수상식을 끝내고 신촌에 있는 카페 '맘마미아'에서 뒤풀이를 하는데, 한국방송공사 프로듀서인 유동종이라는 친구가 내가 부상으로 받은 판화 「전태일」을 자꾸만 달라고 해서 화를 냈더니 김영상 씨가 옆에서 내가 그 그림을 동종 씨에게 주면, 자기가 누님 좋아하는 남궁산의 「꿈꾸는 백두산」을 주겠다고 하는 바람에 마음이 약해져 허락했다.

산행보다는 역사기행 쪽에 관심이 많았던 선생과 나는 자연스럽게 많은 시간을 같이하게 되었다.

재미있는 에피소드 하나. 몇 년 전 선생의 생일모임에 초대를 받고 무심코 김수철의 시디음반을 선물했다가 황망했던 적이 있다. 문제는 음반의 제목이다. 『황천길』. 아뿔사, 하필이면 생일에…. 그후 나는 두고두고 그에게서 나의 무심함을 질책(?)받아야 했다.

선생은 좋고 싫음이 분명해서 조금 까다로워 보이기도 하지만, 자신이 좋아하는 사람은 철저하게 관리(?)한다. 그림을 좋아하는 그는 요즘도 몇몇 화가에게 애정을 쏟고 있다. 판화가 홍선웅, 강행복, 박정호, 한국화가 유근택 등을 그는 끔찍이 아긴다. 그들이 전시회를 열면 마치 자신의 일인 양 마냥 즐거워한다. 그가 엇박자의 박수장단을 곁

들여 부르는 '늴리리 맘보'를 들어본 사람이라면 이미 그의 관리하에
들었다고 볼 수 있다.

집안의 내력에 민족분단의 그늘이 드리워진 한국사회 독립운동가 자
손의 대부분이 그렇듯이 그도 어린 시절을 불우하게 보냈다. 독립운
동가의 딸인 그는 다리가 조금 불편하다. 고단한 역사의 상처를 몸으
로 안고 사는 셈이다.

"어젯밤 꿈속에서는 내 두 다리가 / 펄펄 뛰어다니는 싱싱한 다리였
다. / 꿈은 사라졌지만 / 나 살고저 / 가장 낮은 곳에 피어서도 / 색동
웃음으로 아침을 여는 / 채송화처럼"

그의 시집 『그대, 핏줄 속 산불이 시로 빛날 때』에 수록된 시 「꿈은 사
라졌지만 아침이여!」의 전문이다. 이 소박하고 순수한 시는 선생의 실
존적 불행과 역사현실의 고단함을 뛰어넘는 그의 낙천성과 삶의 의지
를 엿볼 수 있게 한다.

선생은 이미 육순이 넘었지만 소녀처럼 방긋방긋 색동웃음을 짓는다.
그 모습이 참 아름답다.

나도 여기서 재미있는 에피소드 하나. 박태섭은 내 첫 시집을 만들어줬
고, 스무 해가 넘도록 나와 핏줄 같은 동지로 지내고 있다. 남궁산 선생은
술만 조금 드셨다 하면 박태섭에게 "형! 형은 선생님을 행자 씨라고 부르
는데 나는 왜 만날 선생님이라고 불러야 하지?"라고 묻는다. 박태섭과 자

기가 나이 차이도 얼마 안 나니까 속으로 조금 억울하다고 생각했는지 술이 들어가면 투정을 부리시기에 내가 "남궁산 선생! 선생도 그냥 행자 씨라고 부르세요." 하자, "에이, 그래도 어떻게 그럽니까?" 하면서 머리를 긁적이곤 했다.

나는 장서표 중에서 내 장서표가 최고라고 생각하는데, 내 장서표에는 불교 경전에 보이는 상상의 꽃으로 3000년 만에 한 번 핀다는 '우담바라'가 생글생글 웃고 있기 때문이다.

남궁산의 장서표 중에서 특별히 기억에 남는 작품들을 소개한다.

문학평론가이자 수원대학교 교수셨던 광산 구중서 선생님 장서표에는 둥근 보름달과 듬직한 등걸에 활짝 핀 연분홍 매화송이가 곱게 새겨져 있다. 제3세계 저항문학에 애착을 가진 그이기에 겨울 모진 추위 속에서도 꽃을 피워 제일 먼저 봄을 알리는 매화를 새긴 것이고, 둥근 달은 평화를 존중하는 그의 푸근한 마음을 상징한다.

김명곤의 장서표에는 북소리가 우렁차다. 다들 알다시피 그는 유명한

소리꾼으로 지금은 국립극장 극장장이다. 임권택 감독의 영화 「서편제」에
오정혜와 함께 나와 구성진 소리와 뛰어난 연기력을 선보인 영화배우이자
연극배우이기도 하지만 애초에 소리꾼이었기에 그의 장서표에는 북소리
가 둥둥둥!

소설가 현기영, 그의 평생 화두는 '제주 4 · 3항쟁'이기에 그의 장서표에
는 제주도 한라산 봉우리에 봉화가 타오르고 있다.

'살아있는 신화' 리영희 선생님, 후학들에게 역사의식의 새싹을 돋게 해
주셨다고 새싹을 새겼다. 남궁산은 대학시절이었던 1980년대 초 청계천
헌책방에서 『전환시대의 논리』를 웃돈까지 얹어주고 구입해 떨리는 마음
억누르며 숨죽여 읽었다고 한다.

시인 신경림 선생님, 늘 사람들 속에 사시는 것 같았지만 그의 외로움이
시의 원동력이라는 사실을 잘 아는지라 조용한 나뭇가지 위에, 새 한 마리.

김국진, 이분은 남궁산의 장서표 첫 전시회를 열었던 인사동 현 화랑의
사장이셨는데 지금은 고인이 되셨다. 참으로 좋은 분이셨는데 암으로 고

생하시다가 떠나셔서 얼마나 가슴 아팠는지 모른다. 이분에게서 들은 이야기 중 잊지 못할 얘기가 있다.

"한 번 거른 끼니는 평생 다시 찾아 먹지 못하니까 무슨 일이 있어도 끼니는 거르지 말아야 한다."

시인 이승철, '牛村'이라고 새겨진 그의 장서표에는 바지를 걷어올리고 "이랴, 이랴-!" 소를 모는 그림이 있다. 이승철 시인은 모르는 사람이 보기에는 시인보다 농부나 어부가 더 어울릴 사람 같지만, 일을 아주 섬세하고 치밀하게 처리하는 사람이다.

김경배 선생님의 장서표에 대한 글을 쓰려고 하는데 마침 김경배 선생님께 전화가 왔다. 이분은 마포에 태를 묻은 서울 토박이신데 고희를 맞은 나이에도 손에서 책을 놓지 않는 분이시다. 축축 늘어진 가지 위, 꾀꼬리 한 마리가 열심히 짝을 찾는 모습은 마치 선생님이 평생 공부를 찾아다니

는 모습이 아닐까 싶다. 역사강좌와 역사기행에도 열심히 참여하시고 친구이신 이호용 선생님과 함께 민주화운동 단체인 '민통련(민주통일민중운동연합의 줄임말로 늦봄 문익환 목사님이 초대 회장으로 계셨고, 처음으로 민주화운동을 공식적으로 내걸은 단체이다)'에 회비를 낼 때마다 꼭 동참해주셔서 지금도 그 고마움을 잊지 못하고 있다.

박태섭 씨는 앞에서 얘기한 친구로 소주와 산을 워낙 좋아하는지라 장서표에도 소주병을 산 타듯이 올라가는 그림이 새겨있다. 산모임 친구들이 제일 마음에 들어하던 장서표가 바로 이것이다.

전창덕, 역시 나의 핏줄 같은 동지로 15년 동안 내 다리가 되어주었던 고마운 사람인데 1999년 4월 20일 심장마비로 이승을 하직했다. 책을 워낙 좋아하여 정전이 되면 호롱불 밑에서라도 책을 읽어야 잠이 온다는 친구였다.

시인 전사 김남주, 현기영 선생님의 장서표에는 한라산 봉우리에 봉화가 타오르지만 김남주 시인의 장서표는 백두산 정상에 햇불이 타오르고 있다.

소설가 박범신의 장서표엔 수선화 세 송이가 피었다. 박범신은 베스트셀러 작가이면서도 항상 자만하지 않고 자신을 되돌아보며, 누군가 슬피 울면 함께 부둥켜안고 울어줄

줄 아는 수선화 같은 남자이다. 나는 그와 여러 번 부둥켜안고 통곡했기에 그가 얼마나 다정다감한 남자인지 알 수 있었다.

권석련(동산방 화랑 실장이자 안주인)은 내가 보기에 세상에서 제일 기품 있고 우아한 여자이다. 그래서 수련의 아름다움이 잘 어울린다.

정태춘 · 박은옥, 1987년 12월 두 사람을 '한길사랑방'에 초청해 두 시간 동안 아름다운 노래를 들었는데 나는 그들에게 고작 4만원을 내밀었다. 그런데 뒤에서 음향을 담당했던 키 크고 착하게 생긴 분이 나에게 와서는 "선생님! 사실은 음향기기 빌린 값이 5만 원입니다." 했다. 내가 직접 두 분께 찾아가서 공연을 부탁한 것이기에 더욱 미안했다. 도심 속에 문화 공간이 계속 운영되도록 도와주기 위해 그들은 열심히 공연해주었으나 한길사랑방은 비싼 월세를 감당하지 못해서 채 일 년이 되기도 전에 문을 닫고 말았다.

사랑으로 맺어져 평생 함께 노래 부르며 예쁜 딸을 키우고, 좋은 세상 만들기에 앞장서는 그들에게 늘 좋은 하루만 찾아오기를!

금강 스님, 땅끝마을 달마산 미황사의 주지 스님이다. 금강 스님의 장서표에는 종 가운데 그의 법명이 아름답게 새겨져 있다. 그와 최재봉, 남궁산, 박남준 시인 등은 아주 친밀한 사인지라 매년 가을 미황사에서 '산사 작은 음악회'가 열리면 서울에서 그 먼 곳엘 내려가고, 또 금강 스님은 남궁산 전시회가 열리면 서울까지 올라와 축하한다.

소설가 이윤기,『그리스 로마 신화』의 베스트셀러 작가답게 그의 장서표에는 켄타우로스가 불을 들고 달리고 있다.

시인 이도윤, 시인이면서 문화방송 체육 프로듀서이다. 2002년 월드컵 때 한국 팀의 경기가 있을 때마다 문화방송에서는 그의 시를 방송해 우리 마음을 뜨겁게 했다. 그는 가슴에 동백을 피우는 천생 시인이다.

이지누, 사진가의 장서표답게 그의 장서표에는 두 발 달린 사진기가 강산을 누빈다.

소설가 심상대, 의리 있게 생기지 않았으나 의리 있게 살고, 겉으로는 마냥 퇴폐주의자 같으나 마음속이 아주 청명하고, 석류 속 같은 사람임을 남궁산 선생도 알았나 보다.

소설가 김남일, 설혹 그가 사람을 죽였다고 모두가 애기하더라도 나는 그를 신뢰한다. 민들레처럼 끈질기게 열심히 살

았건만….

　문학평론가 하응백, 공부는 깊이 하면서도 진흙 속에서
연꽃 피우지 못하는 해맑은 마음씨의 소유자, 어항 속에서
노니는 물고기처럼 내면이 다 들여다보이는 사람.

　끝으로 내 첫 시집『들꽃 향기 같은 사람들(남궁산의 그림
「진달래 산천」으로 표지를 장식했다. 그가 개성 있는 글씨로 제
호까지 아름답게 꾸며 주었다)』에 실었던 남궁산 선생께 바친
헌시를 소개한다.

민중판화 제2세대의 희망둥이 남궁산

나는 은근히 기다렸네

민중판화 1세대

오윤의

섬뜩하고 충격적인

시대의 아픔…

홍성담의

투쟁 딛고 일어선

해방 대동세상 지나…

이제쯤은
우리 민중판화의 마당에도
희망찬 웃음이
저절로 솟아나오게 만드는
그림장이가 나타나주기를….

들
꽃
산
어린이들이
밝게 피어오르는
그의 그림을 보고 있노라면
바로 거기에
우리 희망찬 미래가
있습니다.

시인 이행자가 만난 한영애와 마야

한영애

1959년 출생.

서울예술대학 연극과를 졸업했다.

1976년 그룹 해바라기 멤버로 활동하다가

1978년 극단 자유에서 연극배우로 데뷔했다.

1986년 그룹 '신촌 BLUSE'에서 활동했다.

1986년부터 솔로 활동을 시작해 2006년 현재 8장의 음반을 냈다.

누구 없소

윤명운 작사 · 작곡

여보세요 거기 누구 없소

어둠은 늘 그렇게 벌써 깔려있어

창문을 두드리는 달빛에 대답하듯

검어진 골목길에 그냥 한번 불러봤어

날 기억하는 사람들은 지금 모두

오늘밤도 편안히들 주무시고 계시는지

밤이 너무 긴 것 같은 생각에

아침을 보려 아침을 보려 하네

나와 같이 누구 아침을 볼 사람 거기 없소?

누군가 깨었다면 내게 대답해주

「누구 없소」는 한영애의 노래 중에서 내가 제일 좋아하는 노래이다. 이 노래만 듣고 있으면 잔인했던 군부독재 시대가 활동사진처럼 뇌리를 스치고 지나간다.

한영애가 초기에 '해바라기'라는 그룹에서 노래할 때, 나는 그 그룹의 리더인 이정선을 좋아했다. 이정선은 현재 동덕여자대학교 실용음악과 교수인데, 목소리가 아주 솜사탕같이 부드럽고 달콤해서 예전에는 좋아하는 사람들이 참 많았다.

한영애가 어느 해인가부터 민가협(민주화실천가족운동협의회의 줄임말로 학생운동이나 민주화운동을 하다가 투옥중인 사람들의 부모님이나 형제 자매들의 모임이다. 가족을 옥에 보낸 외로움을 달래고, 갇혀있는 이들의 인권을 조금이라도 향상시키기 위해 노력하는 단체이다. 유가협과 함께 1980년대 투쟁에 늘 앞장섰으며 지금도 열심히 활동하고 있다)이 해마다 주최하는 '양심수를 위한 시와 노래의 밤' 공연에 참여하기 시작하더니, 그뒤로는 문익환 목사님 추모 공연 때에도 열심히 노래를 하고, 민족문학작가회의에서 주최한 '문학과 노래의 만남'이라는 모임에도 나와서 노래를 불러주었다.

예전 대학로에 있는 소극장 학전에서 '한돌 음악회'가 열렸는데 한영애가 손님으로 나오는 날, 지금은 고인이 된 전창덕이라는 친구와 함께 공연을 보러 갔다.

"보기에는 완전히 실성한 여자 같은데…. 노래는 아주 잘하네요."

이때 한영애는 라면처럼 곱슬거리는 머리를 숫사자 갈기처럼 세웠다.

머리부터 시작해서 옷차림까지 지나치게 자유자재였다.

전창덕이라는 사람은 사상은 아주 진보적이고 민주적인데 도덕적으로는 꽤나 유교적인 남자이기 때문에 자유분방한 한영애의 모습을 못내 안타까워(노래는 좋으니까)했다.

"거참! 옷이랑 머리랑 조금만 얌전했으면 얼마나 좋을까."

"됐네요, 됐어! 내 이래서 촌스런 사람하고는 놀지를 말아야 한다니까…."

이 사람은 '야누스 클럽(아주 오래된 재즈 클럽으로, 우리가 갔을 때는 대학로에 있었는데 지금은 청담동에 있다. 고인이 되신 길옥윤 선생을 비롯해 이동기, 정성조, 김대환, 유복성 등 우리나라 재즈 음악가치고 이곳을 거쳐가지 않은 사람이 없다. 우리나라 최초이자 최고로 멋있는 재즈 가수 박성연 선생이 아직도 굳건히 그 자리를 지키고 있다. 나는 이곳을 '재즈의 성지'라고 말하고 싶다)'에 함께 갔을 때도 썰렁한 농담으로 나를 웃겼다. 열심히 기타 독주하는 사람 보고 한다는 소리가, "쟤는 나이도 어린애가 중풍 걸렸나?"

이 글을 쓰기 위해 『한영애 베스트』 앨범을 계속해서 듣고 있다. 들으면 들을수록 노래들이 다 좋다.

완행열차

한돌 작사 · 작곡

특급열차 타고 싶지만

왠지 쑥스러워서

완행열차 타고서 간다

그리운 고향집으로

차가운 바람 맞으니

두 눈이 뜨거워지네

고향으로 가는 이 마음

이 기차는 알고 있겠지

말 못할 설움과 말 못할 눈물은

차창 밖에 버리고 가자

『한영애 베스트』 시디 마지막에는 한영애 자신이 가사를 쓰고 '작은 거인' 김수철이 곡을 만든 「바라본다」라는 노래가 있다. 곡도 물론 좋지만 이 가사를 듣고 있으면, 한영애라는 여자의 영혼이 얼마나 맑은지와 그녀가 자유와 정의를 얼마나 갈구하며 사는지 느낄 수 있다. 새삼스럽게 정말 제대로 사는 예술가라는 생각이 든다.

바라본다

바라본다

화려한 하루를 남기고

이미 불타버린 저 하늘 구탱이에

녹처럼 매달렸던 마음의 구속들

바라본다

숨가쁜 계절의 문턱으로

이미 지나버린

저 들판 한가운데 산처럼 우뚝 섰던

마음의 연민들

바라본다

춤추는 욕망 모두

내 속에서 잠재우고

빈 가슴 빈손으로

저 문을 나설지니

아 그렇게 아 자유가 된다면

사랑하리라 사랑하리라

사랑하리라 그 뜨겁던 눈물의 의미를

사랑하리라 그 외롭던 생명의 향기를

한영애는 5집에서 드디어 작곡까지 선보인다.

감사의 마음

들리는 모든 생명들에게

보이는 모든 일상들에게

새로운 사랑으로 느껴지는 삼라만상

감사의 마음 전하네

아름답고 소중해

단 한 번 열고 닫는 무대

너와 나 둘이는

멋진 주인공이네

폭풍우 지나간 새벽녘에

온 산을 흔들어 깨우는

새들의 첫울음

너의 문을 두드려

집안에다 가둬둔

오랜 봄을 펼쳐들고

첫걸음 배우는

아가 모습으로 나서봐

기억의 틈으로 떨어진

어릴 적 푸르르던 꿈의

날개를 털고서 높은 하늘을 두드려

벅찬 가슴 기쁜 눈물

향내 가득한 숨결

비밀한 삶 속에 축복받는 나를 보려네

위의 노래 중 "아름답고 소중해 단 한 번 열고 닫는 무대, 너와 나 둘이는 멋진 주인공이네."라는 부분을 듣노라니 1990년 중반쯤인가에 공연한 연극 「무엇이 될꼬 하니」가 생각난다. 그 연극은 뮤지컬 형태의 창작극이었는데 여자 주인공이 한영애였다. 이 공연에 박윤초 아줌마가 해설 비슷한 역으로 출연해서 두 번쯤 이 공연을 보았는데, 연기도 좋고 음악도 참 좋았던 기억이 남아있다.

마야의 「진달래꽃」을 처음 들었을 때 나는 한영애를 생각했다. '신세대 한영애'라고 얘기하면 두 사람에게 모두 결례가 되려나? 마야의 시디를 열어보며 나는 내 눈을 의심했다. 이 아이가 감히 내가 존경하는 '체 게바라'가 그려진 티셔츠를 입고 시디 사진을 찍은 거다.

1989년 5월이 생각났다. '산모임' 사람들과 망월동을 찾았을 때 입은 내 티셔츠에, 철조망 조국에 갇혀서도 활짝 웃는 문익환 목사님의 모습이 찍

마야

1979년 출생.

서울예술대학 연극과를 졸업했다.

2003년에 가수로 데뷔했으며 2006년 현재 5장의 음반을 냈다.

연기자로도 활동해 2003년에는 KBS 연기대상 신인상을 수상했다.

혀있었다. 박 장로님께서 "이행자 시인은 남의 남편을 가슴에 품고 다니네!" 하시는 바람에, 문익환·유원호 방북 사건 재판이 자꾸만 연기되어 다들 속상해 있다가 한바탕 웃었던 기억이 새롭다.

지난 6월 방송에서 마야가 부르는 「독도는 우리 땅」을 들으면서, 역시 나를 실망시키지 않는 친구라는 사실을 확인하고는 참 고맙고 대견스럽게 생각했다. 마침 <스포츠한국> 창간 1주년(2005년 7월 1일) 특집으로 실린 마야에 대한 기사를 보곤 한영애와 마야를 쓰기로 결정했다.

7월 초 5집 리메이크 앨범 『소녀시대』를 발표하며 1년 만에 가수활동을 재개한다는 마야에게 우선 축하를 보낸다. 아무리 불황이라지만 그녀의 판만은 좀 잘 팔렸으면 싶다. 허구헌 날 사랑타령만 늘어놓는 대중가요 판에 마야 같은 가수들이 좀 많이 나왔으면 하는 바람 때문이다.

<스포츠한국>에 실린 그녀의 이야기를 들어보자.

"리메이크 앨범은 사실 오래 전부터 생각해왔어요. 평소 메모하는 습관 덕분에 좋아하는 노래는 꼭 적어놓고 나중에 그 앨범을 갖고서야 직성이 풀리곤 했어요. 어린 시절부터 제 메모장에 올라있던 여러 노래들을 모아, 추억을 펼쳐놓듯 '인간 마야'의 노래로 꾸민 거죠."

마야가 그간 보여줬던 파격성에 비춰보면, 흔하디흔하게 쏟아져 나오는 리메이크 앨범 열풍에 편승하는 것 같아 의외라며 질문하는 기자에게 마야는 우문현답을 한 것이다. 연습이라도 대충대충 하는 것은 직성에 맞지 않아, 목이 쉬도록 열심히 하는 이 친구가 마음에 들었다.

「진달래꽃」의 내지르는 샤우팅 창법과 달리 흑인음악의 감성인 '블르스 필'이 느껴지는 목소리, 가볍고 상큼한 모던록풍의 노래가 기존의 곡들을 재해석한 감각을 유난히 돋보이게 한다니 기자의 칭찬이 과한 것은 아닌지 모르겠다.

세상에! 내가 좋아하는 '작은 거인' 김수철의 「못다 핀 꽃 한 송이」가 또 타이틀곡이라니….

「소녀시대」(이승철), 「독도는 우리 땅」(정광태)에서는 마야 특유의 센 창법이 여전하다. 나도 앞에서 말한 것처럼 텔레비전에서 마야의 「독도는 우리 땅」을 들으면서 얼마나 통쾌했는지 모른다.

「아웃사이더」(봄여름가을겨울)와 「춘천가는 기차」(김현철), 「매일 그대와」(들국화) 등은 속삭이듯 읊조리는 목소리와 그녀가 직접 연주한 어쿠스틱 기타 사운드로 전혀 새로운 감성을 선사한다 하니, 분명 대박 터질 거다.

　"「진달래꽃」 같은 목소리는 사실 일부러 만든 목소리였어요. 가수 데뷔 전 한 작곡가가 목소리가 좋기는 한데 개성이 없다 지적하셔서 내지르는 창법을 개발한 거였죠. 3집에서는 좀더 자연스런 제 목소리를 들려드리고 싶은데, 너무 확 바뀌면 대중들이 낯설어하잖아요. 이번 리메이크 앨범에서 그런 점을 미리 시험해본 것이기도 해요."

리메이크 앨범을 완성한 후 좋은 노래를 부르게 해준 원곡 가수들에게 전화로 고맙다는 인사는 했지만, 이것은 도리가 아닌지라 조만간 앨범 들고 선배들 다 찾아다니면서 다시 인사드리겠다고 하는 걸 보면, 기본이 돼 있는 친구인가 보다. 가수 이승철은 이미 한 라디오 프로그램에 출연해 "마야가 부른 「소녀시대」는 내 곡이 아니다. 마야의 노래다."라고 극찬했다고 한다.

하지만 마야는 "존경하는 선배들 음악을 모독하지 않도록, 칭찬받을 수 있도록 더 열심히 하는 게 제 책임이죠."라며 겸손해했다.

마야는 1집 「진달래꽃」 뮤직비디오에는 이라크전 관련 장면을 삽입했고, 이번 앨범 타이틀곡인 「못다 핀 꽃 한 송이」 뮤직비디오도 남녀 간의 사랑이 아닌 조국을 위해 목숨을 바친 독립투사의 이야기로 재해석해서 만들었다고 한다. 그래서 독립투사의 딸인 내가 하나 사줘야겠다고 생각했는데 바보같이 나는 뮤직비디오를 시디로 착각한 거다.

다음 얘기는 「못다 핀 꽃 한 송이」를 들으며 쓰려고 한다.

2005년 7월초 전 수원대학교 교수이자 문학평론가이신 구중서 선생님과 바보새 출판사를 운영하는 작가 지망생 김규철과 만나기로 한 날, 김규철(스무 해가 넘도록 그는 출판을 해왔다)에게 교보문고에서 마야의 시디를 사오라고 했더니, 아직 출시가 안 됐다고 했다.

「생방송 인기가요」에서 마야가 「못다 핀 꽃 한 송이」와 「소녀시대」를 부르는 걸 보았는데 일품이었다. 온몸으로 절규하듯 「못다 핀 꽃 한송이」를 불러대는데 이 아이의 노래는 정말 타의 추종을 불허했다. 김수철과는 색다른 목소리인데, 감정이입을 너무 잘해서 나조차 그 노래 속에 빠져들게 했다.

「소녀시대」의 노래 맛도 독특하다. 마지막에 "어리다고 놀리지 말아요!"라며 절규하듯 질러대는 소리는 "꼰대들아! 제발 정신 좀 차려라!" 하고 내게 하는 말 같아서 가슴이 뜨끔할 정도였다.

「못다 핀 꽃 한 송이」의 가사가 여러분 마음에도 와닿는 부분이 많을 것 같아 소개한다.

못다 핀 꽃 한 송이

김수철 작사·작곡

언제 가셨는데 안 오시나

한 잎 두고 가신 님아

가지 위에 눈물 적셔놓고

이는 바람소리 남겨놓고

앙상한 가지 위에

그 잎새는 한 잎

달빛마저 구름에 가려

외로움만 더해가네

밤새 새소리에 지쳐버린

한 잎마저 떨어지려나

먼 곳에 계셨어도 피우리라

못다 핀 꽃 한 송이 피우리라

언제 가셨는데 안 오시나

가시다가 잊으셨나

고운 꽃잎 뒤로 적셔놓고

긴긴 찬바람에 어이하리

앙상한 가지 위에

흐느끼는 잎새

꽃 한 송이 피우려 홀로

안타까워 떨고 있나

함께 울어주던 새도 지쳐

어디론가 떠나간 뒤

님 떠난 그 자리에 두고두고

못다 핀 꽃 한 송이 피우리라

　　이 글을 쓰기 위해 종일 두 사람의 시디를 듣고 또 들었다. 가창력은 둘
다 타고났는데 성량은 마야가 더 풍부하고, 끈적끈적한 분위기의 노래를
맛깔스럽게 부르는 건 한영애가 더 잘한다.

「못다 핀 꽃 한송이」 뮤직비디오는 마지막에 이런 글이 뜨며 끝난다.

"오늘의 대한민국이 있게 해주신 모든 분께 이 노래를 바칩니다."

시인 이행자가 만난

홍성태와
전성태

홍성태

1965년 출생.

서울대학교 사회학과를 졸업하고,

동 대학교 대학원에서 사회학 박사학위를 취득했다.

현재 정보공유연대 대표, 문화연대 집행위원, 참여연대 정책위원장이며,

상지대학교 교양학부 교수이다.

지은 책으로 『생태사회를 위하여』, 『위험사회를 넘어서』,

『현실 정보사회의 이해』, 『생태문화도시 서울을 찾아서』 등이 있다.

홍성태는 서울대학교 사회학과 고 김진균 교수의 제자로 현재 상지대학교 교양학부 교수로 재직중이고, 전성태는 2005년 소설 『국경을 넘은 일』을 출간한 소설가이다.

전성태는 1969년 전남 고흥에서 태어나 중앙대학교 문예창작학과를 졸업했고 1994년 실천문학 신인상에 단편 「닭몰이」를 통해 등단했고, 소설집 『매향』과 평전 『김주열』을 출간했다. 홍성태 교수는 김진균 선생님 제자라는 사실밖에 아는 것이 없지만 왠지 이 두 사람은 내게 공통된 생각을 몰고 오는데, 둘 다 인간에 대한 배려가 각별하고 무척 성실하며 맑은 사람들이라는 것이다. 작가와 사회과학자는 어울리지 않는 것 같지만 1980년대 역사의 물줄기를 바꾼 일들은 이들에게서 이뤄졌다고 해도 과언이 아니다.

1999년 두 번째 산문집 『시보다 아름다운 사람들』의 계약금을 받자마자 김진균 선생님께 한턱 쏘겠노라고 전화를 드렸다. 늘 선생님이 내게 맛있는 것을 사주셨는데 내가 이럴 때 아니면 언제 쏘겠는가.

내가 사는 강남구 대치동 청실아파트 앞에서 소설가 현기영 선생님 제자가 '안동곱창'이라는 식당을 하는데, 음식이 맛깔스러워 그리로 선생님을 모셨다. 그런데 선생님은 역시 혼자 오시질 않고 홍성태 씨와 다른 제자 한 분과 함께 오셨다. 넷이서 이 얘기 저 얘기 나누며 양곱창을 맛있게 먹는데, 선생님께서 부르셨다.

"있잖아요, 이행자 시인!"(내가 만날 선생님과 얘기할 때 "있잖아요."라고만 하면 "왜 말을 그냥 하지 않고 항상 '있잖아요'를 붙여요?" 하시면서 야단치시던 분이 일부러 재밌으라고 이렇게 얘기하신 거다)

"왜 부르시는데요?"

"대창 하나만 더 먹어도 되요?"

"얼마든지 더 드세요. 오늘은 제가 확실하게 쏜다니까요."

이날은 선생님 덕분에 넷이서 많이 웃었던 즐거운 밤이었다. 물론 2차로 간 카페 '세미클래식'에서도 맥주값은 내가 지불했다.

"오늘은 좋았죠? 젊은 미남들만 모시고 와서요."

헤어지는 순간까지 나를 재미있게 해주시더니, 불과 한 해 조금 지나 대장암 선고를 받으시다니….

홍성태 교수는 나와 전생에 무슨 인연이 있었는지 선생님과 함께도 여러 번 만났지만, 우연히 만난 적도 많다. 세종문화회관 옆 골목에 '가을'이라는 카페에서는 <한겨레> 기자이면서 선생님의 제자이고 홍 교수와 아주 친한 친구인 이제훈 씨와 함께 만난 기억도 있다.

1990년대가 끝나갈 때쯤 송년 모임이 있었다.

"선생님, 내일은 꼭 혼자 오셔요! 내일도 지난번처럼 또 주르륵 함께 오시면, 정말로 꾸러기시인한테 혼나실 거예요, 아셨죠?"

"알았다니까 그러네요."

다음날 대학로 '학림다방'에서 선생님을 기다리는데 홍성태 씨가 올라오더니, "선생님이 내려오시라는데요." 하고 전했다.

'하여간에 선생님은 못 말린다니까. 철석같이 둘이만 만나자고 약속해 놓고서는….'

내려가 보니 선생님 옆에 민주화운동가이자 유명한 한문학자인 기세춘 선생님과 젊은 친구(아마 성태 씨 또래쯤?)도 있었다.

"다 잘생긴 남자들이잖아요?"

선생님은 미안하시니까 이렇게 농담하면서 웃으셨다.

빈대떡이 있는 어느 술집에 가서 술을 마시는데(사실 기세춘 선생님과의 술자리는 이날이 처음이었다) 기세춘 선생님께서 "대한민국에 살면서 김진균을 독점하려고 하면 그건 절대 안 되는 일이지." 하고 말씀하셨다. 물론 나도 알고는 있지만 오붓하게 둘이 있어야만 투정도 부릴 수 있고, 헤어질 때 차비도 받을 수 있는데….

평생 잊지 않고, 두고두고 고마워해야 할 홍성태 교수에 대한 얘기를 시

작한다. '김진균 교수 정년기념논총1'이라는 부제를 단 『사회이론과 사회
변혁』의 서장 「1990년대 한국사회와 김진균」을 홍성태 교수가 썼다. 홍
교수는 그 글에서 다섯 번째 꼭지인 '소년과 느티나무'에 나에 관한 얘기를
썼는데, 내가 선생님께 바친 시 「소년과 노인」의 내용을 요약해 쓰면서 김
진균 선생님의 얘기를 풀어놓았다. 우리 모두가 공감할 수 있는 내용이기
에 전문을 싣는다.

5. 소년과 느티나무

이행자 시인은 김진균 선생님을 '아름다운 소년'이라고 노래한다. 백
발이 자연스러운 노인이 되었지만, 그러나 선생님은 언제나 '아름다
운 소년'이라고 노래한다.

지리산이 잉태하고
진주 남강이 키웠을까
서리꽃 눈부신
저 아름다운 소년을!

유장하게 내일을 기다리며
희망을 두레박질 하는 당신은

시든 풀잎에게도 생기를 되찾아 일렁이게 하므로

새소리 멈추는 그날까지

사춘기 소년입니다.

어느 시인은, 당신을 가리켜 장독대

항아리 가득 채워진 곰삭은 간장이고

통금시간이면 더욱 빛나는 외등이고,

그럴수록 당신의 암실에서는

수많은 진실이 인화되고 있다지만......

내게 있어 당신은, 언제나 오월 숲 속 같은

사춘기 소년입니다

물빛 맑은 소년입니다

이행자 시인의 시에 대해 아마도 많은 사람들이 고개를 끄덕일 것이다. 김진균 선생님은 소년과 같은 순수한 호기심과 열정을 가지고 있다. 그러나 이 '아름다운 소년'은 땅 속 깊이 뿌리를 내리고 하늘 높이 가지를 뻗은 커다란 느티나무이기도 하다. 필자를 포함해서 많은 사람들이 이 느티나무의 덕을 입었다. 이제 우리가 어떤 덕을 입었는지를 차분히 헤아리기 위해 애써야 할 때가 되었다. 덕을 입고도 그런 줄 모르거나, 그런 줄을 알더라도 어떤 덕을 입었는지를 모르는 것은 다 잘못된 것이다.

김진균 선생님은 앎과 함이 하나로 어우러지는 삶을 살아온 진보적 학자요 실천적 지식인이다. 학자로서, 운동가로서, 그리고 한 사람의 생활인으로서 김진균 선생님은 어떤 삶을 살아왔는가? 그리고 우리는 선생님으로부터 어떤 덕을 입었으며, 선생님이 이룬 삶을 어떻게 이어갈 것인가?

어떤 사람은 학자로서 선생님의 삶이 그다지 풍부하지 않다고 말할 것이다. 그럴 수도 있다. 그러나 더 중요한 것은 선생님의 글을 꼼꼼히 읽고 비판하는 사람들이 늘어나는 것이다.

어떤 사람은 운동가로서 선생님의 삶이 한쪽으로 치우쳤다고 말할 것이다. 그럴 수도 있다. 그러나 원칙을 세우고 최선을 다하는 것은 어느 경우나 치우친 삶이라고 말할 수 없다.

어떤 사람은 생활인으로서 선생님은 대한민국의 여느 남성 지식인과 크게 다르지 않았다고 말할 것이다. 그럴 수도 있다. 그러나 선생님이 사람을 사랑하기 위해 일상적으로 기울인 노력에 대해서 우리는 더 주의해야 할 것이다.

아무리 훌륭하다고 해도 한 사람이 사회의 변화에 미치는 영향은 근본적으로 제한되어있다. 그러나 아주 많은 사람들에게 아주 오랫동안 영향을 미치는 사람이 분명히 있다. 김진균 선생님은 학자로서, 운동가로서, 생활인으로서 우리가 쉽게 만날 수 없는 분이다. 이 중에서 무엇보다 우리가 관심을 기울여야 하는 것은 학자로서 김진균 선생님의 삶이다.

선생님의 모든 사회적 삶은 학자라는 정체성에서 비롯되기 때문이다. 이 점에서 1990년대 한국사회의 변화와 김진균 선생님의 대응은 탈냉전을 배경으로 촉발된 '지구화'와 '정보화'라는 시대적 흐름을 적극적으로 해석해서 민중과 민족을 위한 민주주의의 발전에 이바지하려는 노력으로 줄일 수 있을 것 같다. 이 문제는 앞으로도 오랫동안 중요한 연구대상이 될 것이다. 김진균 선생님의 노력이 곳곳에서 튼실한 열매들을 맺기를 바란다.

위의 글을 읽어보니 김진균 선생님에 대해서 누가 이보다 더 잘 쓸 수 있겠는가 하는 생각이 든다.

여기서 잠시, 내가 1997년 7월 초에 선생님께 그 시를 바쳤을 때 선생님이 보내주신 답장에 대해 얘기하고 싶다. 선생님께서는 시를 읽으시고는 마치 어린아이처럼 이렇게 답장을 보내셨다.

"너무하다, 그치?"

선생님은 시를 쓰고 싶어하셨기에 내가 시를 보내면 꼭 답시를 짧게라도 보내주셨다.

2004년 2월 14일 김진균 선생님이 이승을 하직하시고, 쓸쓸함과 외로움을 견디기 힘들었던 때 발간한 시집 『은빛 인연』을 홍성태 교수에게 보냈더니 얼마 후 그가 자신이 쓴 『반미가 왜 문제인가』라는 책을 보내왔다.

그는 역시 김진균 선생님의 애제자답게 책의 머리말 제목부터 「촛불시위를 위하여」라고 지었다.

월드컵의 열기로 온 나라가 한창 뜨겁게 달아올라 있을 때 경기도 파주에서 훈련중이던 주한미군의 장갑차에 여학생 두 명이 깔려죽는 참사가 일어났다. "잘 먹고 잘 살려면 미국에 맞서지 말고 그냥 참고 살라!"라는 얘기에 순응하면서 살아온 사람들도 그 꽃다운 나이의 미선이 효순이 죽음 앞에서는 끓어오르는 분노를 참기 어려웠다.

불평등한 한미관계가 바로잡히지 않는 한 합리적 반미주의를 주장하는 홍성태 교수의 반미는 계속될 것이다. 홍성태 교수는 『반미가 왜 문제인가』에서 미국이 어떤 나라인지 알려준다.

아메리카합중국의 역사는 '전쟁으로 이루어진 역사'이다. 아메리카합중국은 전쟁을 통해 건국된 나라일 뿐만 아니라, 전쟁은 이 나라를 운영하는 하나의 절대원칙이다. 이 나라가 해체되지 않는 한, 이 원칙은 폐기되지 않을 것이다.

이 나라의 이러한 특성은 백인 지배자들이 너무도 자랑스러워하는 개척사와 뗄 수 없는 관계를 맺고 있다. 백인 지배자들을 정의의 사도로 미화하는 그 개척사란 실은 '약탈사'이며 나아가 '학살사'이다. 약탈과 학살을 저지른 쪽은 백인 지배자들이며, 약탈과 학살을 당한 쪽은 그들이 아메리카에 건너오기 오래전부터 그 땅에서 살고 있던 원주민들이다.(…) 원주민 쪽에서 보자면, 워싱턴은 '탐욕에 눈먼 백인 악마들의 대장'이었다. 그들은 엄청난 물리력을 가지고 있었고, 그것을 무자비하게 사용하여 '아름다운 나라'를 세웠다.

소설가 전성태, 그러고 보니까 홍성태 교수와 나이만 비슷한 게 아니라 이름도 똑같네! 성태, 생각만 해도 마음이 흐뭇해지고 기분이 좋아지는 후배다. 나이는 나보다 많이 어리지만 나는 이 친구를 존경한다.

2005년 5월 8일, 여의도 국회의원회관 별관에서 성태가 아끼는 여자 후배 김신우의 결혼식이 있었다. 마침 그 전날 <한겨레>에 최재봉 기자가 쓴 전성태 소설집 『국경을 넘는 일』에 대한 기사가 실렸고 해서 아침 일찍 광화문 교보문고에 가서 내 경제 형편으로는 거금인 4만 5천 원을 내고 그 책 다섯 권을 사가지고 결혼식에 갔다. 전성태에게 책에다 내 핏줄 같은 동지 박태섭, 박영주, 이순영, 박정호와 한의원 간호사인 최승림 양의 이름을 써달라고 했다.

전성태의 책이 출간된 게 내 책이 나왔을 때보다 더 흐뭇하고 기뻤다. 전성태가 아들 우진이와 안사람도 함께 온다고 하길래 예쁜 옷을 사가지고 갔는데 아쉽게도 모자는 감기가 심해서 못 왔다고 했다. 지난봄 어느 날 전성태 부부가 우리 집에 오면서 우진이를 데리고 왔는데, 녀석이 어찌나 순하고 잘생겼는지 볼수록 정이 가는 얼굴이었다.

전성태는 2003년 11월 30일 결혼해 지금은 세 식구가 오순도순 잘 살고

ⓒ김용서

전성태

1969년 전남 고흥 출생.

중앙대학교 문예창작과를 졸업했다.

1994년 〈실천문학〉에서 단편 『닭몰이』로 등단했으며

신동엽창작기금을 받았다.

지은 책으로 『매향』, 『국경을 넘는 일』, 『여자 이발사』가 있다.

있다. 그런데 하루가 다르게 치솟는 서울의 전셋값을 견디지 못해 얼마 전 비까지 추적추적 내리는 날 천안으로 낙향했는데 그날 하루 종일 마음이 얼마나 짠했는지 모른다. '김별아처럼 상금 1억 원을 받으면 낙향 안 해도 될 텐데….' 하고 생각하다가 곧 더 좋은 소설을 낼 수도 있지 않겠느냐면서 내 자신을 위로했다.

전성태를 소설가로도 좋아하지만, 나는 그의 인간 됨됨이가 정말 마음에 든다. 내가 갚아도 갚아도 모자라는 은혜를 입어서 하는 얘기가 아니라 이 친구는 누구에게나 융숭한 친구이다.

그는 2002년 민족문학작가회의 사무국장이었다. 나는 시인은 사무국장을 해도, 소설가는 절대 사무국장을 하면 안 된다고 많이 말렸다. 시간은 시간대로 뺏기고 마음에 상처까지 입을 수 있는 일이기에 말이다. 그런데 이 친구는 자신이 존경하는 소설가 현기영 선생님이 이사장을 맡게 되자 자신이 총대를 메고 나선 거다.

2002년 11월 5일은 철딱서니 없는 푼수시인 이행자의 환갑날이었다. 전성태는 자기가 나서서 시집을 꾸리고 출판기념회까지 맡아서 할 테니 선생님은 그냥 조용히 계시라고 했지만, 나는 정중히 사양했다.(내 자존심이 허락지 않았다. 남의 일로는 다른 사람 앞에서 고개를 잘 숙이지만, 내 일로 고개 숙이는 일은 딱 질색이기 때문이다. 글로 밥 먹을 실력이 있었으면 여기저기 잘도 손 비비고 다녔을지 모르겠지만 다행인지 불행인지 그런 일은 없었다. 덕분에 혼자 잘난 척 살고 있는지도 모른다) 제발 부탁이니 하지 말라고 계속 사양하자 이 친구는 기어이 화를 냈다.

"아아니, 선생님! 선생님 좋아하는 후배들이 선생님을 위해 좋은 일 좀 하겠다는데 왜 자꾸 반대만 하십니까? 제발 좀 가만히 계십시오."

"알았어, 미안해. 그럼 수고 많이 해."

글쟁이 셋 줄 세우기가 벼룩 줄 세우는 것보다 힘든 일인데, 이 친구는 출판기념회를 열기로 한 인사동 부산식당에 자그마치 45명의 손님을 모셨다. 그런데 나는 그날 30분씩이나 늦게 나타나 이 친구의 애를 말렸다.

애써 한 일도 없고 유명인사도 아닌 주제에 선후배에 어르신들까지 모시고 환갑이랍시고 거창하게 출판기념회를 하는 게 너무 송구스럽고 또 고맙기도 해서, 참석해주신 분들께 답례 선물로 종일 예쁘게 포장한 담배와 양말을 준비해 두 손에 들고 나섰는데 아뿔싸! 차를 놓쳤으니 늦을 수밖에….

늦게 나타난 죄로 소주를 주는 대로 받아 마셨는데, 하필이면 내 지정석이 애주가인 구중서 선생님과 강민 선생님 가운데였다. 덕분에 2차에서 무슨 일이 있었는지는 지금도 모른다.

이날 점심 무렵에는 고등학교에서 국어를 가르치는 새엄마의 아들 오승세가 와서 10만 원짜리 수표를 열 장이나 주고 갔다.

"누이! 환갑은 내가 챙겨야 하는데 그럴 형편도 아니고 해서…. 저녁에 써요."

덕분에 나는 사람들에게 오늘은 내가 쏠 테니까 단란주점에 가자고 큰 소릴 쳤다. 그날 신나게 놀다가 들어왔는데, 아침에 일어나 보니 돈이 그대로 있었다. 나중에 알고 보니 덩치도 작은 화가 안성금(지금 민족미술인협회 부회장이며 의리로 똘똘 뭉친 여자)이 엄청나게 많이 나온 단란주점 비용을 다 지불한 것이다. 두고두고 고맙고 미안했다. 바로 이런 게 좋은 사람들 속에서 사는 행복인지도 모른다.

전성태는 누구를 만나든 끼니를 먹여 보내고 싶어하고, 차비도 쥐어주고 싶어하는 친구이다. 적선동에 있는 한글문화연구회에서 박용수 선생님과 함께 일할 때도 어쩌다 찾아가면 꼭 끼니를 먹여 보내려고 애쓰고, 택시를 잡아서 태워주며 차비까지 챙겨줬다.

"내외가 둘 다 착하면 어쩌냐? 한쪽은 좀 독해야 잘살지."

"아이, 선생님! 설마 산 입에 거미줄 치겠습니까?"

시인 이행자가 만난

문익환과
문성근

문익환

1918년 만주 북간도 출생.

1994년 1월 18일 작고.

한국신학대학과 미국 프린스턴 신학대학원을 졸업했다.

한국신학대학 교수를 역임했으며

1968부터 1976년까지 신구교 공동성서번역 구약 책임위원이었다.

한빛교회, 갈릴리교회 담임 목사였다.

1976년부터 1993년까지 '3·1 민주구국선언' 사건으로 수감된 이래

역사적인 '평양방문'으로 구속되기까지 여섯 번 투옥되었다.

지은 책으로 시집 『꿈을 비는 마음』, 『새삼스런 하루』,

옥중서한집 『통일을 비는 마음』과 산문집 『통일은 어떻게 가능한가』 등이 있다.

그리움

(안동에 계신 목사님을 그리며)

님이시여!

면회를 다녀온 지 어느덧 반 년…

즐겨 부르시던 노래처럼

마른잎 다시 살아나

이 강산이 푸르르기 시작했건만

통일꾼의 그림자는커녕

당신의 편지조차 옥문을 나서지 못하는

삭막함 속에서

혁명의 사월을 맞습니다.

동지섣달에
홑적삼 입은 님이시여!

통일에 묶이운 사슬 때문에
체통에 묶이운 사슬 때문에

열린 문 밖으로
단 한 발자국도 내딛지 못하시고
유리문 뒤에 홀로 서서
동상 도진 마알간 손끝으로
사랑하는 이들을 배웅하던
님이시여!

내까짓게 이까짓것 못 이겨낼까
어림도 없지, 어림도 없다구!

억지 같기도 하고 오기 같기도 한
당신의 큰 소리 가슴에 꽂고
돌아서는 겨울 한낮
따뜻한 나의 두 손

활활 타고 있는 마음의 난로

당신 곁에 두고 오면서도

뒤돌아 손짓하며

뒤돌아 손짓하며

차마 발길 떨어지지 않아……

님이시여!

시린 이 아침

헤어질 때

당신의 그 눈동자

촉촉한 안개비 되어

내 두 눈에 넘쳐 흐르지만……

님이시여!

혁명의 사월입니다.

아버지가 남기신 책 중에서 내가 가보로 생각하는 책은 형성사에서 1986년에 나온 문익환 선집(증보판) 『죽음을 살자』이다. 이 책은 1988년 2월 10일 늦봄이 아버지를 만나러 독립동지회 사무실(파고다공원 옆에 있

었음)에 올 때 직접 들고 온 것이다. (이 해 11월 25일 아버지는 심장마비로 타계하셨다)

면지에 "이몽 선생님께"라고 써서 선물하셨는데 목사님 글씨는 이제나 저제나 너무 명필이시다. 지금도 고이 간직하고 있는 스물다섯 통의 편지 글씨도 역시 대단하고.

"목사님 저는 참 기가 막히는 졸필인데…."

"야! 그것도 모르냐? 천재는 졸필이다!"

이때에 늦봄이 왜 아버지를 찾아오셨냐 하면, 목사님의 아버님이신 문재린 목사님이 한길사에서 나오는 계간지 <사회와 사상>에 '간도 이야기'를 쓰다가 타계하시는 바람에 아버님께 그 글을 대신 써달라고 부탁하러 오신 거다.

늦봄이 어디서 들었는지 모르지만 우리 아버지가 간도에 있던 동흥중학교를 졸업하신 걸 알고 계셨나 보다. 우리 아버지 기억력이 아무리 비상하다 해도 82세에 10대를 회고하는 일이 쉽지는 않을 거고, 더구나 우리 아버지는 정신노동은 좋아하지만 육체노동을 싫어하셨기에 끝내 거절하셨다.

내가 원고를 손으로 1천 매, 8백 매씩 써보니까 이건 완전히 무거운 노동이다. 문예진흥원 원장을 하던 송지영(아버지가 조선일보에서 일할 적에 함께 일했던 후배 기자) 씨가 서도전 한 번 열고 자서전 쓰면 자기가 책임지고 작은 집 한 채 마련해드리겠다며 애를 태웠는데도, 아버지께서 거절하신 것은 육체노동을 정말 싫어하셨던 것이다.

아버지는 늦봄을 만나고 난 뒤 나에게 문익환에게 내가 행자 애비 되는 사람이라고 말하려다 그만뒀다고 말씀하셨는데 아버지가 말씀을 안 하셨기에 망정이지 큰 실수를 하실 뻔한 거다. 나는 그때까지는 늦봄 옆에 가지 않았었다. 아버지가 한양대병원에 입원해계실 때, 백기완 선생님이 바로 아래층에 입원해계셔서 내가 왔다 갔다 하니까 아버지는 당연히 늦봄도 알 거라고 생각하신 거다.

내가 이 꼭지를 「문익환과 문성근」이라고 쓴 것은 문 목사님의 3남 1녀 중에서 목사님의 겉모습이나 마음씨를 제일 많이 닮은 사람이 성근 씨라고 생각하기 때문이다. 1937년 용정에서 찍은 광명고등학교 시절 사진이나 1938년 일본 신학교 시절 사진, 1944년 6월 서울에서 찍은 약혼 사진의 늦봄은 완전히 문성근이다.

『우리 사랑, 문익환』(민주통일민중운동연합), 출판사도 없이 나온 이 책을 어디서 구했는지 나조차 기억이 없다. 1937년부터 1986년까지의 그의 사진이 이 책에 실려있다. (나중에 알고 보니 이 책은 목사님의 고희문집으로 비매품으로 발간되었다)

이 책에 실려있는 신경림의 축시다.

상쇠여, 우리들의 동무여

당신은 샛별이다

아직 우리들 잠 덜 깨어 있을 때

더 많은 무리 깊은 잠에 떨어져 있을 때

일어나라 어서 일어나라고 외쳐대던

밝고 빛나는 샛별이다

당신은 큰 나무다

삶에 찌든 우리들 겁에 질린 우리들

긴 비바람에 지치고 맥빠진 우리들

큰 손으로 보듬던

크고 굿굿한 나무다

당신은 횃불이다

모두들 주춤거리고 눈치보고

적의 번득이는 칼날 두려워 뒷걸음질칠 때

온몸이 스스로 불길이 되어

앞서서 달려나가는

당신은 횃불이다

당신은 상쇠다

중중모리 휘모리로 쇠가락을 몰아치다가

마침내는 우리들 모두를

덕더꿍 한바탕 뛰게 하는 당신은

상쇠다 우리들의 동무다

『우리 사랑, 문익환』에서 계훈제 선생님은 문익환 목사님에 대해 이렇
게 쓰셨다.

내가 지금까지 살아오는 동안에 나에게 큰 영향을 끼친 분이 있다면

장준하 선생과 문익환 선생 두 분이다.

잘 아는 바 장준하 선생은 일찍이 젊은 날 독립군에 투신하여 일제와

직접 싸운 전력으로부터 시작하여 박정희 군사독재에 의해 암살되기

까지 갖은 고난과 죽음의 공포를 조금도 두려워하지 않는 대찬 혁명

가의 기개로 나를 채찍질했다면 문익환 선생은 어떠한 박해와 고난도

웃음과 여유로 삭이는 낭만적 기질로 지금 이 순간에도 나를 일깨우

는 분이다.

나이 일흔이 되신 분을 상기도 옥에 가두고 있는 현 전두환 군사독재

를 생각하면 우선 치가 떨리지만 그러나 문익환 선생은 오히려 그 고

난과 박해 속에서도 더욱 자기 생애를 활짝 꽃피우는 그런 여유를 내

보이고 있다.

지난 1976년 이래 지금까지 8년이 가깝도록 옥에 있으면서도 그는 단

한 번도 괴로운 내색은커 녕 오히려 당당한 시심(詩心)의 봇물이 터져 지금도 그 옥 속을 시의 바다, 그 바다로 온통 일으켜 군사 독재의 장벽을 내갈기는 소리 지금도 벅차다.

1993년 5월 9일. 경희대학교 노천극장에서 열린 '택시 노동자 문화제'에서 늦봄과 함께.

계 선생님이 "어떠한 고난도, 박해도, 웃음과 여유로 삭이는 낭만적 기질"이라는 얘길 하시니까 1990년 봄이 생각난다.

늦봄이 안양교도소에 계실 때 박 장로님이랑 문성근 씨랑 셋이서 면회를 갔는데 그때 늦봄은 심장이 많이 나빠져서 그런지 온몸이 부어있었다. 얼굴도 얼굴이지만 하얀 고무신 위로 퉁퉁 부어오른 발등을 보니 어느 놈인가를 찢어 죽이고 싶다는 생각이 들어 울화가 잔뜩 치밀었다.

"아아, 글쎄 말이야. 나오다 보니까 목련이 아주 활짝 핀 거야. 우리 마당에도 목련이 많이 피었지?"

사모님이 미처 대답하시기도 전에 잔뜩 속이 상해있던 내가 말했다.

"세상에! 지금 그 지경에 목련이 보이세요, 목련이? 성격도 참말이지 잘 타고 나셨다요."

"왜 너는 오랜만에 나를 만났는데 야단부터 치냐? 나는 너 같은 애는 처음 봤다. 어쩌면 그렇게 하고 싶은 얘기를 다 하고 사니? 너는 정말이지 아버님을 하나도 안 닮았다!"

그때부터 나는 화가 나서 입을 꼭 닫고 있었다.

사모님은 나를 항상 목사님 곁에 앉게 해주셨는데, 지금 생각해보니까 사모님께서 나를 많이 봐주셨다는 생각이 든다. 안동교도소에 갔을 때도, 전주교도소에 갔을 때도 언제나 내게 사모님의 자리를 양보하셨으니까.

성직자로 또 시인으로 명예와 안정을 누리던 그의 삶을 분단 식민지 시대의 기득권으로 인정해 이를 헌신짝처럼 버리고, 오로지 군사독재를 물리치는 데만 최선을 다한 것도 모자라 통일을 앞당기겠다고 평양으로 날아간 그의 용기는 어디서부터 온 것일까? 혹시 그의 어머니로부터 물려받았을까?

그의 어머니 김신묵 권사님은 90세가 가까운 나이에, 미국의 인권단체 간부들이 한빛교회에 찾아와 고통받는 한국인을 어떻게 도울 수 있겠느냐고 묻자 "늙은이지만 내가 한마디 하겠수다. 미국 사람들이 일제 때부터 오늘까지 우리 한국 사람에게 무엇을 잘해준 것이 있습니까? 미국인들은 우리의 은인이 아닙니다. 양심껏 살려는 사람들을 억압해서 미국의 이익이나 도모했지 한국인을 위해서 한 것이 무엇입니까? 내가 생각하기에 미국이 한국인을 돕는 것은 미국인이 하루라도 빨리 이 땅에서 나가는 것입니다. 억압이나 하지 않는 것이 돕는 길이지, 돕기는 무엇을 돕습니까?"

하고 대답하셨다고 한다. 정말 그 어머니에 그 아들인 거다.

내 첫 시집인 『들꽃 향기 같은 사람들』 중에서 「편지로 쓰는 일기」 1편부터 7편까지는 다 늦봄에게 바친 시이다. 「편지로 쓰는 일기 2」는 늦봄이 7월 9일 이한열 열사 장례식장에서 열사들의 이름 하나하나를 호곡하면서 불러내던 모습을 보며 썼다. 또 목사님이 찜통 같은 방에서 고생하시는 모습을 생각하며 「편지로 쓰는 일기 3」을 썼다.

편지로 쓰는 일기 2

검은 소낙비는
온 누리를
두들겨 깨우고
벼락치는 소리는
잠자고 있던 우리의 마음을
뒤흔들어 깨워 놓았습니다.
이 아침
쏟아져 내리는 검은 비는
일천구백 팔십칠년 칠월구일
우리의 한열이 장례식날
백양로로부터 망월동까지 메아리쳐 간

당신의 호곡 소리에
벌떡벌떡 깨어 일어난
열사들의 통곡 소리입니다.
당신의
검붉은 사랑노래입니다.

편지로 쓰는 일기 3

얼굴이 얼얼
끈적끈적한 찬바람이
얼굴을 때립니다.

경기평야의 푸르름도
한가롭게 노니는 백로떼도
보여드리고 싶은데……

얼굴이 시리도록
불어 들어오는
여름 속의 가을바람을

온몸으로 끌어안아다가
찜통 같은 고운 님의 감방에
쏟아 부어 드리렵니다.

편지로 쓰는 일기 4

유성, 논산을 지나
당신이 계신
전주가 가까워오고 있습니다.

헐떡헐떡
아스팔트도 더위에 지쳐
개처럼 헐떡거리고 있습니다.

허지만,
보십시요
저토록 아름다운
붉은 목 백일홍의
고운 꽃송이들을……

더위와

싸워 이기는 것도

사랑의 힘이지요.

편지로 쓰는 일기 6

늦깎이로

통일 마당에 뛰어들어

뙤약볕 아래

온 몸뚱이로

울어대는 매미처럼

통일노래 외쳐 부르다가

스스로

국가보안법이라는

통일의 덫으로

뛰어드신 님이시여!

살아온 날보다

살아야 할 날들이

더 많이 남아있는

우리의 젊은이들이

해방세상 앞당기려고

통일세상 앞당기려고

스스로

목숨 끊는 것을

보다 못한 당신께서는

일천 구백 팔십 구년 첫 새벽

드디어 결심하셨습니다.

잠꼬대 아닌 잠꼬대로

농담 아닌 진담으로

평양으로 가시겠다고……

당신이

평양을 다녀오신지

일년 반이 지난 지금
바로 그곳의 형제들이
서울 하늘 밑에
와 있습니다.

당신은
비록
열다섯 척이 넘는
전주교도소 철창 속에
갇히어 계시지만

우리 모두는
당신의 그 아픔을
발판으로 삼아

해방의 길로
통일의 길로

한 걸음씩 한 걸음씩
달려나가고 있는 것입니다.

1990년 8월 20일, 또다시 늦봄의 몸에 칼을 대야 한다는 의사의 선고를 듣고 나는 엉엉 울었다. 그런데 그날 내가 목사님 꿈에 나타나 엉엉 울어서 함께 얼싸안고 우셨다는 편지를 받고 그 기막힌 우연에 얼마나 놀랐는지 모른다.

편지로 쓰는 일기 7

'사랑과 나이는
사람을 무당으로 만드는가 봅니다.'

지난
팔월 이십일
또다시 몸에
칼을 들이대야 한다는
의사의 선고를 받고
엉엉 소리내어
울고 있던 저를
당신께서 부둥켜안고
함께 울어주셨다는
편지를 받고

저는 생각했습니다.

"사랑과 나이는

사람을 무당으로 만드는가 보구나"

무당이 아니고서야

어떻게

멀리 떨어진 남도 땅 전주에서

그것도 열다섯 척이 넘는

담 속에 갇히어 있는 당신께서

서울에서 앓고 있는

당신이 사랑하는 이들과 함께

같은 날 같은 때에

부등켜안고 울 수가 있겠습니까……

당신

마음속의 예수님은

워낙 품이 넓고 깊은 분이라

당신이

비록 목사이지만

천지신명께

통일의 꿈을 비는

당신을 귀히 여기셨듯이

사랑하는 이들을 위해서라면

고통받는 이들을 위해서라면

당신이

무당이 되는 것도

나무라지 않으실 겁니다.

1989년 홀연히 세상을 하직하신 낭송시인 성래운 선생님께서는 『우리 사랑, 문익환』에서 1968년에 늦봄을 뵙고는 살아있는 윤동주를 찾아냈다고 하셨다.

"이번 칠순 잔칫날에 문 선생님은 당신의 아호를 바꾸어서 좀 길기는 하지만, 살아있는 윤동주 겸 이육사 겸 한용운쯤으로 하든가, 그 세 분의 공통점을 따서 짤막하게 '민족' 또는 '겨레'라 하면 어떨까. '내가 아는 문익환'은 언제까지나 '겨레' 속에 살아계실 겨레의 스승인 것이다."

문성근 씨와는 늦봄이 돌아가셨을 때 조금 얘기한 기억밖에는 없다. 그때 문성근 씨는 영화 일이 바빠서 아버지를 못 찾아뵙던 중에 갑자기 돌아가셔서 아마 억장이 무너졌을 것이다. 내 가슴이 그렇게 아팠는데 자식인 호근 씨, 의근 씨, 영금 씨, 성근 씨 마음이야 오죽했겠는가? 그때는 정말 이지 마른하늘에 날벼락을 맞은 것 같았다.

시인 이행자가 만난

천공과
동현

김창섭

1939년 출생.

1980년대 해남 YMCA 이사장,

1990년 〈해남신문〉 초대 대표이사를 역임했다.

지금은 해남 사구포에서 소박한 일상을 가꾸고 있다.

은빛 바다 은빛 소년

처음 만나 밤새워

술을 마시고픈 사람을 만났습니다

달빛에 젖어 은빛 추억에 젖어

해남 땅 사구포 해변에 둥지를 튼 이 사내는

환갑이 지나고 진갑이 지나도

겸손이 진보의 덕목임을

온몸으로 깨우쳐줍니다

대낮에 다이옥신 냄새가 코를 찌르고

몰골 사나운 모텔이

우리의 심장을 조여 오는

'땅끝 마을'에 실망하지 말고
이리로 오시지요
이곳 사구포 휴게소에 오시면
그렁그렁 토해내는
동천 선생의 노래에 취하고
다도해의 노을에 취해
살아있음이 눈물겹도록 아름답습니다

지난 6월 25일 고속철을 타고 땅끝마을 지나 '사구포 휴게소'에 갔다. 목
포까지는 용산에서 세 시간이지만, 목포에서 사구포까지 가는 데 걸리는
시간과 우리집에서 용산역까지 가는 시간을 모두 합치면 거의 일곱 시간
쯤 걸린다. 그만큼의 오랜 시간이 걸려서 찾아가도 시간이 전혀 아깝지 않
다고 느끼게 해주시는 분이 바로 동천 김창섭 선생님이시다.

눈썹달을 인연으로 만나 십년지기가 된 동천 선생님과 현공 스님은 각
별한 우정을 나누고 있다.

동천 선생님!

비에 젖어
파도에 젖어

마음은 이미 '사구포'입니다.

영화처럼 비 내리는 남한강 기슭에서

어여쁜 물총새와 운우지정 나누고

중국의 서안을 닮았다는

청평군 설악면 카페에서

음악처럼 맥주를 마시면서도

마음은 <달마산 미황사> 모퉁이를

에돌고 있었는데……

우연히

필연처럼 찾아온

비 내리는 봄밤입니다.

동천 선생님과 나는 보이지 않는 곳에서도 마음이 잘 통하는지, 위의 시처럼 내가 누군가와 동천 선생님 얘기를 나누고 있으면 선생님께 전화가 와서 깜짝 놀라곤 한다. 이날도 비 내리는 북한강을 바라보며 일담 스님(일지암 암주 여연 스님의 상좌로 지금은 뉴욕에서 유학중인 아주 맑은 마음의 소유자)과 동천 선생님 얘기로 꽃을 피우고 있는데 선생님이 전화를 하셨다.

2005년 3월 17일부터 19일까지 박태섭 씨 차로 박정호 씨와 셋이 여행을 떠났다. 동해를 따라 내려가 밤에 부산에서 안용대 씨를 만나 저녁을 먹고 술 한잔하고는, '아르피나'라는 고급 유스호스텔에서 자고 다음날에야 사구포 휴게소에 도착했다. 선생님 댁이 워낙 멀어서 한 번 가려면 2박 3일은 잡아야 하는데 그것도 간신히 하룻밤만 자고 올 수 있다.

1980년대 중반 그 무서운 전두환, 노태우 시절에 선생님께서는 안기부 직원을 조인트 깔 정도로 겁이 없으셨단다. 나는 잘 몰랐는데 태섭 씨 얘기로는 그 시절 해남 YMCA 이사장이셨으면 대단한 분이시라고 했다.

선생님 댁 마루에 걸려있는 함석헌 선생님과 함께 찍은 사진이며, 전교조에서 받으신 감사패를 보고 대단한 분이라곤 생각했지만, 그렇게 대담무쌍한 분인 줄은 미처 몰랐다. 늘 인품에만 반하고 있었으니까.

선생님과 사모님은 민박도 하시고 회도 손수 떠서 파시는데 늘 손님을 식구처럼 대하시는 분들이다. 외항선 선장을 10여 년이나 하신 분에게 어울리지 않는 일인데도, 선생님은 참으로 열심히 고향을 지키며 사신다.

사모님의 음식 솜씨가 얼마나 뛰어난지 모른다. 그 솜씨로 딸 다섯을 알뜰살뜰 잘 길러놓으셨나 보다. 나는 선생님의 딸 중에서, 매년 가을 달마산 미황사에서 열리는 '산사 작은 음악회'에서 색소폰 연주를 하는 세화 양을 특히 좋아한다. 이 친구가 잠깐 휴직중일 때 집에서 어머니 일을 거들었는데, 속이 참 깊은 게 아버지를 많이 닮은 것 같았다. 처음에는 선생님 댁 딸내미가 너무 많아 헷갈렸는데 지금은 어느 정도는 알아본다.

역사를 온몸으로 사신 분인데 누구에게도 그런 내색하시는 법이 없다. 김남주 선배가 석방되었을 때 해남에서 첫 석방환영대회를 꾸린 분이 선생님이라는 사실을 여연 스님에게서 들은 것 같다. 그 시절 그토록 어렵고 힘든 일을 많이 하셨건만, 절대 내색하지 않으시기에 더 존경스러운 거다.

동천 선생님께 달마산 미황사 현공 스님을 만난 얘기를 듣노라면, 마치 한 편의 단편영화를 보는 느낌이 든다. 동천 선생님이 사구포 휴게소를 만들 때, 혼자서 일꾼들을 데리고 하나하나 집을 지어나가셨다고 한다. 어느 눈썹달이 뜬 밤에 혼자서 술을 마시는데, 웬 스님이 와서 자기를 무념스럽게 바라보며 아무 말도 안 하기에 당신도 계속 혼자 술만 드셨다고 한다. 한동안 서로 상대를 탐색하느라고 누구신지 묻고 싶었지만 참고 있었는데, 현공 스님이 "저 달이 뜨면 다시 오겠습니다." 하곤 사라졌다고 한다.

꼭 전생에 목수였을 것처럼 생긴 현공 스님의 얘기라곤 믿어지지 않지만 멋스런 데가 있었다.

"아아, 정말 그 달이 뜨니까 왔드라 말이지. 그렇게 만나 10년이 넘었네요."

아름다운 인연이다. 눈썹달을 매개로 만났으니까.

선생님은 사모님이 다니는 교회에 한 해에 한두 번밖에 다니지 않으면서도, 당신보다 한참 어린 여자 목사님을 깍듯이 모시고 사택까지 황토로 잘 지어주셨다. 사월 초파일과 '초의 문화제' 때는 또 일지암에를 가신다.

기독교가 우리 사회에 한 일 중에서 10~20퍼센트를 빼놓고는 다 잘못했다는 비판도 서슴지 않으시고, 불교나 스님에 대해서도 다 좋아하시지는 않으신다. 말하자면 사람답게 사는 사람을 제일 좋아하시는 거다.

2000년 여름에 선생님을 처음 만났으니까 선생님을 만난 지 벌써 햇수

달마산 미황사는 돌담, 계단 등이 정갈해 고즈넉한 산사의
분위기가 오롯이 느껴진다. 대웅전 앞에서.

로 6년째이다. 혼자서 놀
러갔을 때는 선생님께서
완도 일주도 함께해주시
고 달마산 미황사에도 데
려가 주시고 또 남창(서울
에서 광주나 목포에 가는 버
스가 서는 정류장. 완도 다
리 건너기 전에 있다)의 맛

있는 식당에서 낙지볶음과 단고기도 사주셨다. 2005년 6월 25일에 갔다
가 돌아올 때는 선생님이 남창까지 데려다 주시고 목포 가는 버스표까지
사주셨다.

지금 막 동천 선생님께 전화를 했다. 요즘은 풀 베느라 바쁘시단다. 주
중에는 손님이 거의 없지만 선생님을 보고 싶어 찾아오는 사람들이 종종
있기에 집을 못 비우신다. 그래서 전화를 하면 언제나 놀러오라고 하신다.

"한번 시간 내세요."

"선생님! 한여름 해남은 모기 때문에 못 가요. 거기 모기는 대단하잖아
요."

"거참, 모기 없는 데가 어디 있어요? 모기장 있으니까 시간 내세요."

조금만 더 가까우면 좋을 텐데, 해남은 정말 너무 멀다.

현공 스님

초승달인지

그믐달인지조차 모르는

얼간이 시인에게

아름다운 눈썹달을

가르쳐준 이가

바로 당신입니다.

마지막 온몸

핏빛으로 던져

봄을 마련해놓고

떠나는 단풍처럼

뒷모습이 아름다운 이여!

위의 시는 동천 선생님께 현공 스님 얘기를 듣고 쓴 시이다.

한 10년쯤 전에 박태섭, 먼저 저승길 떠난 만물박사 전창덕, 출판사에 다니는 김혜정, 김이금, 회사원인 김화선과 내가 2박 3일로 해남 여행을 갔다. 가는 길에 하룻밤을 자고 다음날 일지암에서 묵었는데, 여연 스님은 그때 해인사에 가있어서 전화로만 만났다. 이때에 처음으로 달마산 미황사에 갔는데, 그 고색창연함에 마음이 경건해지기까지 했는데 지금 분위

현공 스님

어린 시절에 출가.

현재 땅끝 마을 해남에 있는 달마산 미황사에서 정진중이다.

기는 그렇지 않다.

현공 스님에게 여러 가지 얘기를 들으면서 부처님을 모시는 사람과 그냥 절에 다니는 사람 사이에는 너무 큰 섬이 존재한다는 사실을 깨달았다.

현공 스님이 달마산 미황사에 왔을 때 미황사는 거의 폐허였다고 한다. 현공 스님은 목공들과 함께 일하시며 절을 제대로 고쳐놓은 후에, 주지 자리를 금강 스님에게 스스로 넘기셨다고 한다. 별로 한 일도 없으면서도 한자리 꿰차려는 인간들 때문에 염증을 많이 느낀 나는, 현공 스님의 얘길 듣고 완전히 넋을 빼앗겼다. 그 당시엔 현공 스님께 시도 참 열심히 바치고 편지도 열심히 썼는데, 그 시들이 아무리 찾아도 나오질 않고 꼭꼭 숨었다.

미황사에서 '산사 작은 음악회'가 끝난 후 동천 선생님 댁에서 아주 재미있는 뒤풀이를 했다. 세화 양의 독주로 분위기가 무르익자 모두들 돌아가며 노래를 부르며 흥을 돋우는데 저쪽에 있던 현공 스님이 개구쟁이 같은 표정을 지으면서, 내 앞에 앉은 여연 스님에게 와서 자릴 좀 바꿔 달라고 했다. 여연 스님이 짓궂은 표정으로 말했다.

"안 되겠는데요. 이 목도리도 이 애인이 사준 건데…."

"바꿉시다! 이 티셔츠도 이 시인이 사주신 건데…."

예전 애인과 현재의 애인이 귀엽게 싸우는 바람에 뒤풀이 자리가 웃음바다가 되었다.

나는 미황사에 갈 때마다 현공 스님이 밀짚모자를 쓰고 일꾼들과 함께 일하면서 직접 대패질하는 모습을 보면서 '저 사람, 전생에 목수가 아니었을까?'라는 생각까지 했었다.

2004년에 세화가 속초에서 근무할 때 동천 선생님과 현공 스님이 속초에 갔다. 셋이서 차를 타고 강릉으로 가는데 현공 스님이 차를 세우기에 무슨 일인가 했더니, 운전하는 틈에도 통나무 베어놓은 것을 보고 그냥 지나치지 못한 것이다.

"참으로 직업은 못 속인다니까…."

내 말에 동천 선생님이 많이 웃으셨다.

그런데 현공 스님은 목공일만 잘하는 게 아니라 시를 쓰는 내가 발끝에도 못 쫓아갈 정도로 어휘 실력이 뛰어나다. 사람을 주눅 들게 하는 장점을 얄밉도록 많이 가진 사람이다. '야들야들', '낭창낭창'도 이 양반이 내게 가르쳐준 낱말이다.

장인의 손끝처럼
현공스님께

그대!
그렇게 반십 년을 보내셨다구요?
장인의 손끝처럼
노가다 십장을 하면서……

그대!

선잠을 깨어

잠시 옛날에 젖어보시지요

혹여 시시때때 다른 모습을 보여주는

연극배우는 아니었는지?

그대!

온 몸뚱이를 태워 누구에게

불 밝혀 보았는지요?

······

장작불처럼 '두륜산' 달이

타오르고 있습니다.

4338년 7월 21일 새벽 5시.

원고를 지성사 식구들에게 넘기고 돌아와, 꽃보다 시보다 아름다운 그들에게 이녁이 누를 끼치는 것은 아닌지 염려스러워 밤새도록 뒤척이며 잠을 이루지 못했다.

소녀가 채 되기도 전에 전쟁과 통증으로 시대가 깃털처럼 가볍지 않음을 알아버렸기에, 1980년 5월 이전까지는 억지로라도 가볍게 살려고 노력했다. 그러기 위해 나는 자존심과 오기로 똘똘 뭉쳐있었다.

사람답게 산 사람이 제대로 예우받지 못하는 나라는 제대로 될 나라가 아니라는 사실을, 내가 언제 깨닫기 시작했는지는 기억에 없다. 하지만 나는 이율배반적이게도 '순간을 영원처럼' 산다면서도 정의롭지 못한 자에 대한 증오가 항상 마음 깊이 꽂혀있다. 아비를 닮아 유난히 좋고 싫음이 분명한 성격 때문일까?

지성사 이원중 사장 덕분에 마지막일지도 모르는 글을 쓰면서 허리 통증 때문에 안 아픈 곳 없이 다 아팠지만 너무나 행복했다.(소설가 전성태 말마따나 악필인 내 원고를 정리할 사람에게는 많이 미안하지만…)

저승길 떠난 분들 때문에 때로는 눈물에 젖고 때로는 추억에 젖기도 했지만, 내 생애 최고의 순간순간을 되돌아볼 수 있었다. 철도 들기 전에 어미를 하늘에 빼앗기고 외가 덕으로 살아왔지만, 아름다운 사람들이 내 곁에 많이 있어 '가장 중요한 일은 지금 하는 일, 가장 중요한 사람은 지금 만나는 사람'이라고 생각하며 살아올 수 있었다.

송곳 하나 들어갈 틈 없이 콕 박힌 내 마음을 그래도 지금처럼 만들어준 것은 자연과 아름다운 그들이다. 특히나 '가슴 속에서 노를 저을 수 있는

'그분'은 내 생애를 바꾸어놓은 분이다.

내가 만난 모든 '은빛 인연'들에게 고맙다는 인사를 드린다.

2005년 여름

이행자